꿈의 땅
캄보디아

나눔으로 꿈과 희망을 심는 해외 봉사 여행기

꿈의 땅
캄보디아

전은경, 김명숙, 신선혜, 최은화, 이지선, 박정미 지음

두드림미디어

캄보디아에 꿈을 심는 사람들

우리는 꿈의 땅 캄보디아에 다녀왔습니다.

킬링필드(Killing Fields)가 먼저 떠오르는 아픈 심장을 지닌 캄보디아.

우리는 그곳에서 희망을 품고 꿈을 심는 사람들을 만났습니다. 그리고 그곳에 우리도 함께 꿈을 심었습니다.

페루(Peru), 아프리카(Africa)에 이어 봉사로 만난 세 번째 나라 캄보디아.

2015년 미지의 땅 페루는 우리에게 시작의 땅이 되었고,

2018년 아프리카는 우리에게 희망의 땅이 되었습니다.

2023년 킬링필드 캄보디아는 꿈의 땅이 되었습니다.

두 나라에서의 봉사는 보건교육, 성교육, 건강체험, 교사연수, 문화교류가 주를 이루었다면, 캄보디아에서는 도서관 건립 후원과 벽화 조성까지 봉사의 영역을 확장했습니다.

미래를 살아갈 우리의 아이들에게 어떤 선물을 해줄까요? 간호사를 꿈꾸며 공부하고 있는 대한의 나이팅게일 후배들에게 어떤 선배의 모습으로 다가가야 그들의 심장을 더 뜨겁게 뛰게 할 수 있을까요?

지구는 계속 뜨거워지고, 지구온난화로 각종 재난을 맞이하게 됩니다. 미세먼지와 황사 등은 우리를 숨 쉬지 못하게 만듭니다. 우리 아이들이 살아갈 세상은 더 나쁜 공기와 더 많은 쓰레기와 더 살기 힘든 세상이 될지도 모릅니다. 조금이라도 더 깨끗한 세상을 주기 위해 환경보호, 일회용품 줄이기, 저탄소 등 다양한 노력을 하고 있지만 변화하는 세상을 막기에는 부족합니다. 그저 속도를 조금이라도 줄이고자 하는 마음뿐입니다. 세상을 선하게 변화시킬 좋은 리더가 필요합니다. 우리 아이들이 좋은 리더가 될 수 있도록 기회를 주어야 합니다.

미래를 이끌어갈 우리들의 아이들에게 리더로 성장할 수 있도록 해줄 수 있는 최고의 선물은 봉사의 기회를 주는 것입니다. 학생과 청년들과 봉사를 함께했습니다. 그들은 봉사를 통해 나눔을 배우고, 준비하는 과정에서 역량이 길러집니다. 봉사하며 바라보는 시선과 만남의 눈맞춤을 통해 이 땅을 살리고픈 꿈이 생기는 것을 보았고, 그렇게 성장했습니다.

우리는 대한민국의 교사입니다.

소외되고 아픈 아이들을 많이 만나는 특별한 선생님입니다.

교육을 통해 변화시키고 사랑으로 삶을 살게 합니다. 그런 시간이 모여 따뜻한 세상이 만들어집니다.

우리는 대한의 나이팅게일 후예입니다.

등불을 든 천사, 정책을 제안하고 변화시키는 나이팅게일. 위대한 수학자이며 과학자이며 발명가인 나이팅게일처럼 꿈꾸고 연구하고 분석하며 세상을 바꾸는 노력을 합니다.

꿈이 없는 아이들에게는 꿈을 심어주고, 삶을 포기하고 싶은 제자들을 만나 꿈을 함께 만듭니다. 학교에서는 학생들에게, 학교 밖에서는 그룹홈 청소년들과 만나고, 교육봉사라는 이름으로 만남을 시작한 지 10년이 되었습니다. 국내에서 펼쳤던 봉사의 걸음이 대한민국을 넘어 세계를 향하는 날개로 성장하게 되었습니다.

2015년 페루의 찬차마요시(Chanchamayo City) 정흥인 시장님과의 만남을을 갖게 한 국제한인간호재단과 함께 실시한 봉사가 연구회 해외 봉사의 시작이 되었습니다. 찬차마요시청에서 국회의원들이 우리를 맞이해주었고, 학교와 마을에서 건강체험교육과 문화교류를 하며 페루의 학생과 주민, 교사들을 만났습니다. 우리에게 뜨거운 마음을 갖게 한 봉사였습니다.

2018년 아프리카 한인학교 교장 선생님의 초대로 두 번째의 봉사를 위해 아프리카로 향했습니다. 검은 땅 아프리카를 희망의 땅으로 만든 아프리카 봉사활동은 우리에게 자신감을 주었습니다.

페루와 아프리카는 그들에게도 우리에게도 시작과 희망이었습니다. 함께 참여했던 사회복지사는 청소년희망센터를 창립하고 캄보디아에 그룹홈 지사를 설립했습니다. 진로 고민을 하며 참여한 교사는 장학사가 되었고, 봉사로 함께 참여한 대학생은 이제 어엿한 경기도의 교사가 되었습니다.

함께 참여한 선생님들과 학생들 모두 함께 만든 꿈의 시간을 통해 그들은 꿈을 만드는 리더가 됨을 확신합니다. 언제 어디에 있든지 세상을 변화시킬 뜨거운 나눔이 있는 어른이 될 것입니다.

2023년 코로나19의 긴 터널을 지나 이제 꿈의 땅 캄보디아로 향합니다. 봉사에 참여한 교사와 학생들도 캄보디아 봉사를 위해 기꺼이 자비를 들여 봉사에 참여했습니다.

프놈펜(Phnom Penh)에서는 한국, 캄보디아, 미국, 호주가 모여 국제학술대회를 열었습니다. 헤브론병원, 모노롬의 클리닉, 캄보디아왕립농업대학교의 보건실과 프놈펜 세종학당의 한글학교도 방문했습니다. 시아누크빌(Sihanoukville) 소재의 라이프대학을 방문해서 간호대학의 현황을 살펴보았습니다. 한국의 학교보건과 성교육에 대해 학술대회에서 발표한 내용은 많은 관심과 더불어 한국의 발전에 놀라워했습니다. 탈북학생 대상으로 실시한 박사 논문은 포스터로 발표했습니다. 북한에 대한 관심이 뜨거웠습니다.

시엠립(Siem Reap)에서는 시소폰의 초등학교에서 성교육 등 교육봉사를 해주었고, 그룹홈에는 도서관을 짓고 벽화를 그려주었습니다. 힘들지만 보람되고 뿌듯한 시간이었습니다. 우리는 꿈을 꿉니다. 죽음의 땅인 캄보디아에서 희망을 봅니다. 배움을 갈망하는 학생들의 열정을 보았습니다.

꿈의 땅 캄보디아.

이곳에서 꿈을 심습니다. 이 꿈의 희망이 널리 널리 퍼지기를 바라며 지금도 캄보디아에 꿈을 심고 있는 모든 분과 함께 마음 모아주신 선생님들 그리고 기관에 깊은 감사의 마음을 전합니다.

우리는 꿈을 향해 또 시작할 것입니다.

꿈을 심은 사람들 드림

Cambodia

1장

꿈의 땅
캄보디아

전은경

Cambodia

꿈을 따라가 희망을 만나다,
우리가 만난 세 개의 무지개

꿈과 희망과 나눔으로 시작된 봉사활동은 모든 순간이 기적이었다. 학교에서 교사로 아이들과 시작된 꿈 이야기가 국내와 세계로 현실이 되었다. 페루, 아프리카, 캄보디아까지 우리가 만난 세 개의 무지개 덕분에 '다음 무지개는 어떻게 만날까?' 하는 설렘을 갖게 한다. 우리는 그렇게 꿈을 따라가 희망을 만났고, 눈으로 마주한 무지개가 희망이 되어 마음의 무지개가 되었다. 이제 그 희망의 무지개를 따라가 보고자 한다.

첫 번째 나라 페루

잉카의 문명이 아직도 살아있는 듯
한 나라 페루가 우리가 만난 첫 번째 나
라다. 한국인 시장님 덕분에 환대 속에
서 행복한 봉사를 했고, 우리를 붙잡기
라도 하듯 폭우에 무너진 안데스산맥을
걸어서 넘었던 값진 추억을 만든 2015

년의 시작들을 잊을 수 없다. 그리고 마추픽추에서 만난 신기한 원형 무지
개가 우리를 아프리카로 이끌었다.

두 번째 나라 아프리카

아프리카는 무지개 나라라는 말이 절로 나오게 하는 매력적인 나라다. 남아프리카공화국, 잠비아, 짐바브웨에서는 사람들이 모이는 곳만 있으면 에이즈예방 캠페인을 했다. 방문했던 학교마다 반기는 사람들과 봉사 내내 즐겁게 참여했던 대원들은 그야말로 보물들이었다.

빅토리아폭포에서 무지개를 만났다. 마추픽추에서 만난 무지개와는 결이 다른, 폭포에 떠 있는 무지개를 보며 또다시 설레는 희망을 품는다. 그렇게 다음에 또 가자고 외쳤다.

세 번째의 나라 캄보디아

볼수록 신비한 나라, 가슴이 아려오지만 그만큼 더욱 희망이 있는 나라. 캄보디아는 더욱 친근한 나라다. 학살의 아픔이 있지만, 더 노력해서 재건하고자 하는 강한 마음이 있고, 함께 노력하는 많은 손길이 모여있다. 앙코르와트(Angkor Wat) 사원의 여명 속에서 내 마음속 희망의 무지개가 떠오른다. 톤레삽 호수의 석양이 오히려 희망의 무지개로 보였다. 그곳에서 꿈을 심는 나이팅게일들을 만났고, 갑자기 교직을 떠나 캄보디아로 향했던 선생님도 만났다.

이렇게 곳곳에 희망의 무지개가 가득하다. 우리 마음에도 희망이 가득하길 바라며 꿈으로 시작한 봉사가 그 길에서 희망을 만났듯이 우리의 여정이 희망의 무지개로 가득하길 소망하며 글을 시작한다.

세 번째 만난 나라
꿈의 땅 캄보디아

    연구회의 회장으로 시작한 해외 봉사가 벌써 세 번째를 맞이했다. 시작은 국제한인간호재단의 제안으로 시작한 페루 찬차마요시(Chanchamayo City)의 봉사활동이다. 18명의 교사와 학생을 인솔하며 안데스산맥을 넘고

코이카(KOICA)에서 지원하는 찬차마요시의 건강증진 활동에 참여한 그 경험을 잊을 수 없다. 한국인 정흥인 시장님께서 맞이해주신 시청에서 국회의원들과 만난 것도 살면서 경험하기 힘든 일이었다. 그 모든 세팅이 함께 간 대원들에게는 뿌듯한 광경이고 환대였다. 리더로서 무언가 뿌듯함이 있었다.

그리고 이어진 아프리카 봉사활동은 남아프리카공화국에 한인학교 교장인 친구 덕분에 시작되었다. 국내 다문화 봉사 등은 많이 실시했지만, 아프리카까지 가는 데 드는 비용과 시간은 만만치 않았다. 오롯이 자비로 가는 봉사활동이기에 왜 그 먼 곳까지 가는지 이해하지 못할 수도 있다. '몇백만 원을 내며 왜 봉사에 참여할까?' 하는 의문이 들며 시작했지만, 의외로 많은 분이 참여에 관심을 보였다. 주변에 이야기하면 함께 가고 싶다는 사람들이 많았다.

봉사를 추진함에 있어 탄탄한 기획은 기본이다. 그리고 무엇보다도 가장 중요한 것은 좋은 팀을 구성하는 일이다. "저도 가고 싶어요"라며 함께 해외 봉사에 가고 싶다는 이야기를 종종 듣는다. 교육과 문화교류 등의 봉사활동을 짧은 시간 내에 완성하기 위해서는 단연 훈련된 전문가가 필요하기에 팀 구성은 가장 중요한 일이다. 오랫동안 열악한 환경 속에서도 함께 있어야 할 사람들이면 더더욱 중요하다.

우리는 봉사를 기획할 때 연구회의 임원을 중심으로 먼저 대원을 꾸린다. 봉사에 단련된 사람들이고 무엇보다도 서로 잘 알기에 우선권을 준다. 그리고 임원의 추천으로 인원이 추가된다. 그래야 추천한 사람들이 잘 챙기게 되므로 추가 인원이 소외되지 않는다. 이제 대상을 넓혀서 사전 훈련 기간을 마련해 추진하는 것도 용기를 내보고자 한다. 봉사가 자비량이기 때문에 비행깃값과 먹고 자는 모든 비용은 개인 부담이다. 말이 봉사이지 내 돈, 내 봉사인 셈이다.

그래서 적은 비용으로 많은 혜택을 주기 위해 고민을 한다. 비행기 티켓은 가장 저렴한 시기에 구입한다. 시기가 제일 중요하지만, 멤버가 빨리 정해지지 않으면 정해진 그 시점이 가장 저렴한 타이밍이다. 그리고 봉사는 늘 사회복지기관과 연계해 준비하고 진행한다. 미리부터 준비된 봉사로 기획해 봉사에 들어간 비용은 기부금으로 처리할 수 있게 한다.

봉사에 필요한 교육자료는 미리 준비하고, 기증할 물품은 방법을 협의하며 준비한다.

페루와 아프리카에서는 기증할 물품을 가지고 갔다. 한국 물품의 품질이 좋았고, 또 그곳에 없는 한국의 문물을 전하고 싶었다. 봉사 내내 보따리를 짊어지고 다녔다. 힘들지만 보람되었다.

세 번째 캄보디아는 준비과정 협의회부터 물품보다는 현금으로 해보자는 공통된 합의 과정이 있었다. 짐이 무겁기도 했지만 비행기 수하물 초과비용이 현지 구입비보다 더 비쌌다. 캄보디아에서도 한국 물품을 구입할 수 있다. 한국에서 꼭 사야 하는 것 빼고는 현지에서 조달하자고 결론을 내렸다. 후원금 계좌를 개설했고, 그 행정적 루트는 사회복지기관에서 담당했다. 기부금 처리까지 해결하니 수월히 진행되었다. 후원금 모집에 대해 많은 사람이 회의적이었다. 우리는 칫솔세트도 사야 했고 시소폰에 작은 도서관도 지어주어야 했다. 그래서 후원금이 절실히 필요했다. 그 당시 대전에서 카네기 리더십 CEO 과정에 참여하고 있었는데, 동기들은 대부분 기업 사장이 많았다. 그분들의 도움을 받으면 도서관을 뚝딱 지을 수 있을 것 같았다. 그런데도 '도서관 건립에 후원 좀 해달라'는 말이 입에서 떨어지지 않았다. 2주간 카네기 수업을 빠져야 해서 캄보디아 봉사를 다녀온다고 말하게 되었다. 그중에서 바리바리 후원 물품을 싸들고 와준 카네기 동기도 있었다. 너무 고마웠다. 후원금 모금에 대한 고민이 없지는 않았지만 없으면 내가 부담해야 한다는 마음을 대원들 모두 가지고 있었기에 불안하지는 않았다. 그런데 기적 같은 일이 일어났다. 십시일반 손길을 모아 도서관 건립 비용이 마련된 것이다. 게다가 도서까지 기증할 수 있는 비용도 되었다. 우리는 손길을 보탠 이름을 모두 기록해 도서관 현판에 적어놓았다.

페루에서는 꿈을 시작했고, 아프리카에서는 꿈을 실천하며 희망을 봤다면, 캄보디아는 그대로 꿈의 땅에 꿈을 심는 기적을 봤다.

그 꿈의 땅에 꿈을 심고 계신 많은 분을 만났다. 우리는 그들이 심은 꿈을 더 값지게 하는 일을 했고, 그 모든 것이 덕분에 지속할 수 있게 되었다. 세계기독간호재단에서 캄보디아에 세운 간호대학과 클리닉들을 보고 그 기관을 운영하는 분들을 만났다. 한국, 캄보디아, 미국, 호주의 국제 학술대회를 통해 한국의 보건교육, 성교육, 학교를 알렸다. 평소에 남북통일이 되면 학교를 중심으로 북한 학생들과 가정의 건강과 안전을 제공할 시스템 개발에 관심이 많아 박사 논문을 북한 이탈 청소년을 대상으로 썼다. 그 논문을 발표하지 않고 아껴두었는데, 포스터로 논문을 게재할 수 있었다. 봉사지에서 한 발표였기에 더 의미가 있고 뜻깊다.

국제학술대회 안내장

국제학술대회 포스터 발표자료

시소폰 그룹홈 숲속도서관

캄보디아에서 만난
나이팅게일의 후예들

한 번 사는 삶. 이들처럼 살아보는 것은 어떨까? 캄보디아 봉사를 통해, 만남을 통해 문득 든 생각이다. 살면서 누구나 봉사활동을 한 번쯤은 경험하게 된다. '세상에 나의 재능을 나누면서 살아야지'라는 마음이 생길 때도 있다. 학교의 봉사활동, 풋풋한 대학 시절의 농활, 직장의 봉사활동 등. 점수 때문에, 취업 때문에, 의무적으로 해야 하기 때문에, 또는 자발적으로 하고 싶어서 등 이런저런 이유로 봉사를 경험하게 된다. 의도하지 않게 나에게 그런 기회가 온다는 것은 축복이다.

고등학교 시절 학교봉사로 참여했던 향림원 양로원 봉사가 나의 첫 봉사다. 향림원 입구에 들어서는데 큰 돌이 내 눈에 들어왔다. 그 돌에는 이 문구가 새겨져 있었다.

"나 늙어 노인 되고 노인 젊어 나였으니 노인과 나는 따로 없다."

그때부터일까? 저금하듯 미래의 나를 위해 봉사하기 시작한 것 같다.

봉사활동에 가자고 누군가 이야기를 하면 주저 없이 "네" 하고 따라나섰다. 내 마음 깊은 곳에 봉사하면서 살아야겠다는 마음이 있었는지도 모른다.

그렇게 나의 봉사의 여정은 시작되었다.

어떻게 살아야 하나? 어떤 마음으로 사는 것이 가치 있는 삶일까?

바쁜 세상 속에서 일에 지쳐있는 나를 문득 발견하게 되었을 때, 내가 왜 이렇게 살고 있는지, 내가 사는 목적이 무엇인지 문득 자신을 찾고 싶다는 마음이 든다. 나이 스물에, 또는 서른이 되었는데, 또는 불혹의 나이에 어떤 걸 다시 시작해야 할까? 삶의 고민, 시작의 고민, 진로의 고민 등 해결되지 않은 고민에 빠져있다면 주저 없이 봉사에 참여하라고 권하고 싶다.

경쟁 속에서 지치고 힘들 때 봉사는 나에게 활력을 주고, "너 잘했어"라고 이야기해준다. 이기적이라고 누군가 이야기해도 할 수 없지만 어떨 때는 봉사를 통해 스스로 위안을 삼기도 한다. 사람마다 봉사에 임하는 마음은 다르겠지만 적어도 나에게 봉사는 나를 가치 있는 사람으로 만들어주는 원동력이고 나의 삶을 가치 있게 만들어주는 고마움이다. 그런 시작이 내가 받은 복을 나누며 살아야 한다는 마음이 되었다. 그렇게 시작한 봉사가 한 걸음 한 걸음씩 자라서 봉사를 기획하는 현재에 이르기까지 성장했다. 봉사하면서 사는 것도 나름 괜찮은 인생이라고 생각했다.

이렇게 어느덧 쉰여섯 살이 되어 지난날들을 되돌아본다. 내 삶이 과연 괜찮았는지…. 공부하고 결혼하고 아이 낳고 교직에 들어와서 장학사가 되고 교감, 교장이 된 지금, 이 순간까지의 여정이 찰나와 같이 느껴지며 나를 토닥여준다.

"얼마나 힘들었니? 수고했어. 고생 많았네."

"너의 삶이 행복한 삶이었니? 평안한 여정이었니?"

누구나 그렇듯이 삶의 길을 평탄하게 살았다고 말하는 사람은 매우 드물 것이다. 고난도 있고, 역경도 있고 오해를 받는 때도 있었을 것이고, 가장 친했던 친구와 멀어진 일도, 가장 믿었던 사람에게 배신을 당한 일도 있었을 것이다. 나 또한 삶이 평탄하지만은 않았지만 그래도 그 고난을 이겨내며 감사를 배웠다. 어렵지만 순간순간 작은 것이라도 행복을 찾고자 노력했다. 아니, 선택의 여지가 없었다. 불평한다고 상황이 바뀌지는 않으니까.

"그래, 이 정도면 감사한 삶이지 않니? 행복한 순간들을 떠올려봐."

힘든 삶을 살았다고 생각했던, 그런 과정에서도 열심히 살았다고 생각했던 나에게 이번 캄보디아 봉사는 그동안의 나의 삶이 너무나 평온하고 축복의 삶임을 알게 되었다. 나는 부유하지는 않았지만 밥을 굶지는 않았고, 억울한 일 많았지만 그로 인해 참음을 배웠다. 자식을 가르치신다고 고생을 많이 하셨지만, 그래도 세 자녀를 훌륭하게 키우신 사랑 많은 부모님도 계신다. 배달하는 우유를 매일 자식에게 먹이는 것이 소원이셨던 엄마와 남에게 보증을 서고 동업하면서, 부모님께 물려받은 산을 날린 아버지. 시계보석상을 하는 사람은 부자가 많은데, 우리 아버지는 많이도 날리셨다. 좋은 사람 주변에는 왜 이리 사기꾼이 많은 것인지, 세상은 참 불공평하다는 생각을 많이 했다. 나에게 사람을 믿지 못하는 경계심이 그

때 이후로 생겼던 것 같다. 그리고 그렇게 사기를 친 사람들은 공교롭게도 같은 교회 다니는 분들이 많았다. 한동안 그런 회의감으로 종교를 바꿀까 하는 고뇌는 시간이 있었지만, 사람을 보지 말고 하늘을 바라보라고 하신 부모님 덕분에 지금까지 신앙을 지킬 수 있었다. 사기를 당해서 수업료를 못 낼 정도로 어려운 적도 있었지만, 부모님의 악착같은 교육 열정으로 피아노도 체르니 50번까지 배웠다. 피아노 학원에 다닐 때는 바이올린 학원에 다니는 아이가 부러웠고, 2층집에 사는 부자 친구를 부러워했었던 어린 시절의 내가 떠오른다. 그래도 주말마다 노래할 수 있는 교회가 있어서 감사했고, 여기저기 놀러가주신 부모님도 계셨으며, 공기놀이하며 같이 놀 친구들도 있었다.

나에겐 가진 것이 너무도 많았다. 현실 속에서 무엇을 바라보는지가 중요하다는 걸 깨닫는다. 나는 배달 우유는 못 먹고 자랐지만, 누구보다 더 튼튼하게 성장했고 등록금을 못 내서 손을 든 적은 몇 번 있었지만, 그로 인해 다른 사람에게 등록금을 해주는 나눔의 마음을 갖게 되었다. 나는 누구보다 부자다. 눈이 뜨였다. 캄보디아에서였다.

이번 캄보디아 봉사는 또 다른 삶의 눈을 뜨게 한다. 공부, 진학, 취업, 성공 경쟁 속에서 치열하게 사는 삶이 아니어도 충분히 가치 있고 행복하게 사는 사람들을 봤다. 만났다.

내 삶이 고뇌에 차 있는 순간을 맞이하는 친구들이 있다면, '우리나라는 왜 이렇게 살기 힘들지?'라고 삶을 미워하는 마음이 든다면. 단촐하지

만 행복한 삶을 사는 사람들을 보면서 경쟁 속에 있지 않아도 행복하게 살 길은 너무도 많다는 걸 알게 해주고 싶다. 사는 게 너무 힘들다고 포기하는, 생의 마감까지 생각하는 누군가가 있다면 이렇게 말해주고 싶다.

"세상에는 경쟁이 아닌 다른 방법으로 행복하게 사는 사람도 많이 있단다. 그리고 사는 방법도 삶의 선택도 언제든지 네가 할 수 있어. 힘내."

캄보디아 봉사를 통해 내가 만난 분들의 삶을 나누고자 글에 마음을 담아본다. 글을 읽다가 마음에 울림이 있는 사람이 떠오른다면 주저하지 말고 핸드폰을 들자. 그러면 새로운 삶을 시작하게 된다. 세상은 넓고 내가 할 일은 많다. 그리고 캄보디아, 아프리카 등 나의 손길을 기다리는 곳이 너무나 많다. 어제는 아프리카에서 만난 센터장님께 스와질란드(Swaziland, 현 에스와티니)에 우물과 화장실이 필요하다는 연락을 받았다. 1,000만 원이 필요하다고 한다. 아프리카 차드(Chad)에는 보건진료소 공사가 한창이고, 콩고(Republic of the Congo)에서는 간호대학이 운영되고 있다.

한번 사는 삶, 그저 살다 가는 삶보다는 조금 더 가치 있는 일 하나라도 남기면서 산다면 행복한 삶이 아닐까? 내가 할 수 있는 일이 너무 작지만, 나는 지금도 목마르다. 이 목마름을 통해 그들에 채워주는 복의 통로가 되고 싶다. 스와질란드의 우물, 차드의 보건진료소, 캄보디아의 장학금 등 함께 하고픈 마음이 있는 분이 있다면 기꺼이 기관과 연결해드릴 수 있다. 연락주시길 바란다(jeka@korea.kr). 세계기독간호재단 홈페이지는 'http://www.wcnfkorea.org'다.

캄보디아에 만난
세계기독간호재단 창시자, 이송희

"너는 지금 몇 살이니? 나는 70세에 시작했어.

지금도 늦지 않았어. 시간은 충분히 있단다."

캄보디아 시아누크빌 라이프대학 간호대학 비전센터 기공식

내가 만난 나이팅게일은 이송희 세계기독간호재단 창립자다. 캄보디아 라이프대학의 간호대학을 설립했고, 깜뽕짬 누가건강증진센터와 캄보디아 곳곳에 클리닉을 세우는 역할을 하신 분이다. 캄보디아뿐만 아니라 중국 연변, 아프리카에 대학을 설립하고 교수를 파견했으며, 현재는 평양에 간호대학 설립을 추진하고 있다.

이분을 만나면서 내 인생도 바뀌었다. 이분과 대화하고, 이분의 삶의 행보를 바라보면서 내가 부끄러워졌고, 삶에 허덕이면서 살고 있는 나에게 아직도 시간은 충분히 있다는 자신감도 생겨나게 해주셨다.

내 눈에 처음 비친 모습은 키가 정말 작은 80대 후반의 할머니의 모습이었다. 말씀하시는데 무슨 말씀인지 발음이 명확하지 않아서 귀를 쫑긋하며 들어야만 이해가 되었다. 2009년 라이프대학에서 한 달간의 강의와 봉사를 했을 때 우연히 만났다. 그런데 이분이 세계기독간호재단을 설립했고, 내가 묵고 있는 라이프대학의 비전센터를 짓고 간호대를 만드신 분이라고 했다. 대단한 어르신이라고 생각했다. 작은 체구에서 어떻게 그런 힘이 나오는지 이분보다 더 작은 분을 못 봤고, 이분보다 더 나이 많은 분은 못 만났을 정도로 핸디캡이 많은데도 척척 이루어내신다. 믿기지 못할 일을 하시고, 자녀들도 훌륭하게 키우셔서 더 궁금해졌고 더 닮고 싶어졌다.

"스와질란드에 대학을 세우는데, 교수가 필요해. 학위가 어떻게 되나?
석사 이상은 되어야지. 캄보디아에도 일꾼이 필요해."

동에 번쩍, 서에 번쩍. 대학을 세우고 교수를 파견하고 복음을 전하는 선한 사람. 지금은 96세가 되셨다. 미국에 계셔서 자주 뵙지는 못 하지만, 그분의 삶은 전쟁 속에서는 빛이었고, 세계 속에서 간호사의 리더를 세우는 선구자다.

세계기독간호재단 소개 리플렛

이송희 이사장님은 서울대학교 간호대를 졸업하고 고려대학교 교수가 되려던 차에 한국전쟁이 터져 서울대학교 병원에서 다친 군인들을 간호하게 된다. 한국전쟁을 겪으며 북한에 서울을 함락당해 총살당한 대한민국 군인들의 시체를 보면서 그 시절을 버텨야 했던 간호사였다. 죽어가는 북한 병사까지 간호했던 인도주의를 실천했던 간호사다. 맥아더 장군의 인천상륙작전으로 서울을 다시 찾고 자유를 얻으려는 순간 북한군은 서울대학교 의료진을 북으로 데려가려 했다. 북한으로 가는 기차역인 청량리역에서 목숨을 걸고 극적으로 탈출하고 구조되어 자유를 얻게된 의지의 여성이다.

나이 70세에 미국으로 가서 세계기독간호재단을 설립한 깡 있는, 배짱의 여성. 내가 캄보디아에서 만나 일생의 목적을 바꾸게 한 분이시다. 꿈을 심는 사람 1호인 이 분의 삶과 의미를 이 곳에서 함께 느끼고 싶어 세계기독간호재단의 숭고한 일들을 이송희 이사장님과 함께 소개하고자 한다. 이 글은 내가 만나서 직접 들었던 내용과 아시아방송(2010년 9월 24일*, 2010년 10월 1일** 세계의한국인 세계기독간호재단 이송희 회장, 자유아시아방송)의 인터뷰 내용을 바탕으로 완성했다.

2006 캄보디아 라이프대학 간호대학 개교식

2008 한-캄 국제학술대회

* https://www.rfa.org/korean/weekly_program/korean_world/lee_songhee-09242010155353.html

** https://www.rfa.org/korean/weekly_program/korean_world/lee_songhee-10012010151218.html

이송희는 신의주가 고향이며 현재 96세다. 1928년 2월 평안북도 신의주 출생으로 제법 부유한 가정에서 유년기를 보냈다. 하지만 그녀의 학창 시절은 일제 강점기를 맞이하면서 일제에 빼앗겨야만 했다. 다행히 일제로부터 광복의 기쁨을 맞이했지만, 사는 지역이 북한이다 보니 그 지역에는 소련군이 주둔해 김일성이 주도하는 인민공화국이 세워지는 일을 보게 된다. 그러다가 어느 날 소련군이 쏜 총에 학생들이 죽어가는 모습을 보고는 남한으로 피난할 결심을 하게 되었고, 다행히 남한으로 피난은 성공했다.

남한에서 지내던 어느 날 우연히 신문에 나온 서울대학교 의과대학 부속 간호학부 모집 광고를 보게 되었는데 기숙사 제공과 전액 장학금이라는 내용을 보고 지원했고 합격해 간호대학생이 된다. 학창시절에도 밤에는 서울대학교병원에 근무하고 낮에는 공부했다. 그래도 열심히 공부한 덕분에 그 당시 김활란 박사님이 이화여대를 설립하며 간호학부의 교수를 모집할 때 그곳에 지원해 합격까지 보장이 되었다. 그런데 그해 한국전쟁이 발생했다. 모든 걸 포기하고 병원으로 향했고 병사들 간호에 전념한다. 서울대학교 병원은 국군 병사환자들이 가득했고, 간호사로 전쟁 병사 간호를 하게 된다. 마치 크림전쟁에서 등불을 든 나이팅게일처럼….

그러던 중 어느 날 출근길에 시계탑 앞에 즐비하게 놓인 군인들의 시체를 보고 경악하게 된다. 학교 시계탑에는 북한 인공기가 꽂혀 있었다. 서울이 북한군에 의해 함락을 당한 것이었다. 북한군에 의해 피하지 못한 대한민국 군인들의 총살된 시체가 즐비한 충격적인 광경을 목격하고

2001 중국 연변 간호대학 개교식

2002 중국 연변과학기술대 간호대학 준공 개관식

2006 연변과학기술대학 간호대학 졸업식

도 그녀는 계속해야만 했다. 이젠 북한 군인 환자를 간호할 수밖에 없었다. 남한, 북한이 아닌 환자이기에 간호사로서 인도주의를 실천해야만 했다. 이후 다시 인천상륙작전이 시작되었다. 맥아더의 승리로 북한군이 철수하게 되었다. 북한군은 병사들을 모두 후송시키고 의료장비를 청량리역으로 나르게 했다. 의료진도 모두 북한으로 끌고 가려고 했다. 그 의료진 속에 이송희 간호사가 있었다. 그때 죽음을 무릅쓰고 청량리역으로 가는 도중에 친구와 골목으로 탈출했고, 총탄이 날아오는 속에서 구사일생으로 살아나게 된다. 믿기지 않는 영화 같은 삶이다.

이후 국군 간호장교에 지원해 마산육군병원에서 동상에 걸린 많은 병사를 간호했고, 휴전 이후 서울대학교 간호대학 재건을 위해 미네소타대학에서 간호행정, 간호교육으로 1년 연구하고 돌아와서 서울대학교 병원 간호과장을 6년 근무하면서 간호행정의 체계를 수립했다. 대한간호협회 이사, 부회장을 역임하면서 간호의 간호체계 수립, 권익옹호 등에 매진했다. 이후 대한간호협회 사무총장을 하면서 한국과 뉴질랜드 교환간호사 프로그램을 개발하고, 대한간호협회 회지를 창간하고, 국가제도로 간호사 시험이 시작되면서 시험문제집 발행, 간호사 등록제도를 만들고 최초로 간호사 실태조사와 통계 작성을 실시했다.

나이팅게일이 크림전쟁에서의 등불을 든 천사였다면 이송희는 한국전쟁에서 등불을 든 천사였다. 나이팅게일이 행정학 통계학으로 영국군인 병사의 통계를 했다면 이송희는 간호사 실태조사와 통계 작성을 최초로 실시한 대한민국의 간호사 통계학자이며 수학자다.

1975년 전화 한 통화로 미국 간호사로 취직이 되면서 14살, 11살, 4살의 세 자녀를 데리고 홀로 미국으로 향하게 된다. 목회자인 남편 별세 후 새로운 곳에서 시작이다. 미국에서의 생활은 하루 2~3시간밖에 잘 수 없는 힘든 시간이었지만 그래도 틈틈이 봉사도 했다.

은퇴 후 1997년 70세의 나이로 적극적으로 봉사의 길이 시작된다. 뉴스를 통해 남한의 IMF와 북한의 300만 명 이상이 굶어 죽는다는 소식을 접하면서 조직적으로 무엇인가 해야겠다는 다짐을 하게 된다. 그리고 뜻을 같이하는 사람들과 함께 1998년 4월에 LA에서 세계기독간호재단을 설립하게 된다. 재단 설립 후 연변과학기술대학(이하 연변과기대)의 소식을 접하게 되고, 그 대학에 간호대학을 세우겠다는 의견을 모은다. 이후 연변과기대에 간호대학을 세우는 공동합의서를 1998년 7월에 작성하고 연변과기대 간호학부 설립을 시작하게 된다. 설립을 준비하면서 현재 있는 교수와 학생들에게 건강센터가 필요하다는 인지를 하고 1999년에 건강증진센터를 세워 내과전문의와 간호사 등 4명을 파송해 건강센터를 열었고, 이후 2002년에 연변과기대 간호학과 건물을 준공하게 된다. 이후 20년 동안 많은 간호사를 배출하고 2022년 마지막 졸업식을 하게 된다.

이송희의 꿈은 연변을 넘어 캄보디아의 나환자촌에도 건강센터 설립으로 이어졌고, 시아누크빌의 라이프대학에 간호학 비전센터를 설립하는 등 간호로 어려운 나라에 간호 리더를 양성하는 데 헌신했다. 현재는 그 꿈이 씨앗이 되어 연변, 캄보디아, 스와질랜드(현 에스와티니) 등에 간호학과를 설립하고 교수를 파견하고 있으며 현재는 평양과학기술대학(이하 평양과기대)에 간호학과를 설립하는 중이다.

이송희 이사장님을 한국에서 만났을 때다. 한국에 있는 동안에는 교회의 쪽방에서 생활하며 그 비용을 절약해서 한국의 간호대학원에 진학시킨 라이프대학, 연변과기대 졸업생과 함께 생활하고 있었다. 대학원 진학 및 병원 취업 등 다양한 진로를 도와주며, 그들이 본인의 나라에서 진정한 리더로 세워질 것을 만들고 있었다.

"저도 이사장님처럼 살고 싶어요. 교수로, 복지사로, 선교사로
그렇게 살고 싶어요"라고 말하는 나에게 늘 이렇게 이야기해주셨다.

"너 나이가 몇이니? 나는 70세에 시작했어. 아직도 늦지 않았어.
현직에서 열심히 일하고 봉사하다가 전적으로 부르실 때 시작해도
늦지 않아. 지금 있는 곳이 네 자리야."

내 꿈은 캄보디아에서 간호학 교수를 하면서, 돕는 사회복지사도 하고, 신실한 선교사도 되는 것이다. 그렇게 하려고 박사학위도, 사회복지사 석사학위도 받았다. 하지만 현실은 선뜻 모든 걸 내려놓는 게 쉽지 않았다. 그래서 그런 내가 부끄럽고 항상 답답했다. 꿈은 있지만 준비되지 않은 나를 바라보게 된다. 나는 영어도 능숙하지 못했고, 비위도 약하고, 무엇보다 벌레는 너무나 무서워한다. 동역자인 남편은 비행기를 잘 타지 못한다. 그냥 훌쩍 떠나야 하나 있어야 하나 늘 갈등이 반복된다. 그런 나에게

이송희 이사장님의 말씀은 고민을 사라지게 해주었다.

> '그래. 내가 지금 제일 잘할 수 있는 걸 하자! 지금 있는 곳에서 열심
> 히 살고, 열심히 자녀 양육하고, 열심히 일하고 아내로, 엄마로, 교사
> 로 일하면서 봉사하고 나누자. 이곳에서 조직하고 체계를 만들고 가
> 지는 못해도 돕는 그런 봉사를 하자. 언젠간 보내지는 날이 오겠지.'

마음이 가벼워졌다. 그래 나는 이렇게 내 삶 속에서 열심히 살고 남을
위해 나누며 사는 마음을 버리지 말자. 그리고 시간을 내고 틈을 내서 봉
사하러 떠나자. 그런 내 모습이 가식이라고 말하는 사람이 있더라도, 무슨
꿍꿍이가 있을 거냐고 비판하는 사람이 혹 있을지라도 내가 진심을 담는
다면 꿋꿋이 나의 길을 걸어갈 수 있다고 믿자. 그렇게 모든 죽어가는 자
들을 사랑하며 나의 걸어가자. 그렇게 애써가며 살아보자.

이송희 이사장님의 씨앗이 많은 열매로 곳곳에서 자라고 있다. 1998년
미국에서 처음 창립한 세계기독간호재단은 현재 안젤라 서 교수님이 총
회장으로 미국에 본부를 두고 있고, 지회로는 한국지회, 미국지회, 호주지
회가 있다. 한국지회에서는 성영희 전 성균관대 임상간호대 교수님이 회
장으로 섬기고, 황옥남 부회장이 캄보디아에서 봉사를 실천하고 있다. 세
계기독간호재단은 세계에 기독교의 사랑을 전하고 간호대학을 설립하
고 진료소와 학교 등을 설립하고 있으며 교수와 교사를 파견하는 재단
이다. 1999년 연변과기대에 건강센터를 개설해 의사와 간호사를 파송했

2004 깜뽕짬 성누가건강센터 기공식

2006 깜뽕짬 성누가건강센터 준공식
(좌측부터 양영란, 최정숙, 김매자, 이송희, 신정수, 이죽자, 박은규)

다. 2000년 연변과기대에 간호대학 건물을 기공하고 학술대회를 시작으로 연변과기대의 간호학과 설립에 총력을 다했으며, 2001년에 연변과기대 간호학부 개교 및 신입생 입학이 시작되었다. 2003년에는 평양과기대 간호대학을 설립하고 설립학장을 임명했다. 2006년에는 캄보디아 깜뽕짬에 누가건강센터를 준공하고 간호사를 파송했다. 또한, 북한 결핵퇴치

사업을 시작했고 북한간호재건 사업을 시작했다. 10월에는 캄보디아 시아누크빌에 위치한 라이프대학에 4년제 간호대학을 개설하고 교수를 파송했다. 2009년에는 스와질랜드(현 에스와티니) 기독대학 내 간호대학 설립을 준비하고, 2010년에는 캄보디아 라이프대학 간호학연구소 및 비전센터를 준공하게 된다.

2012년에는 캄보디아 깜뽕뽀에 유치원을 건축하고 함께 북한의 고아원을 지원하게 된다. 2013년에는 스와질랜드(현 에스와티니) 기독대학에 간호대학을 설립하고 간호학과장을 파송한다. 2014년에는 평양과기대 간호대학 설립 협약서 체결을 시작으로 2016년에는 북한 홍수피해 지원금을 지원했으며 2017년에는 함경북도 광산촌에 세계기독간호재단 제2보건진료소를 착공하게 된다. 2020년에는 제3보건진료소를 캄보디아 모노롬에 착공했고, 2021년에는 아프리카 차드에 제4보건진료소를 착공했다. 2023년 1월에는 캄보디아에서 국제학술대회를 개최해 참여했다. 한국, 미국, 캄보디아, 호주의 간호인들이 모여 성황리에 학술대회를 마쳤다.

세계기독간호재단을 이끄는 리더들

현직에서 갑자기 사라진
김계숙 선생님

캄보디아 현지마을에 들어가 캄보디아를 섬기는 나이팅게일.
어린이, 어른 모두 다 그곳에서는 한국말로 또렷이 "할머니"라고 부른다.

"초등학교 1학년 때 집에 오시는 선교사님을 보면서 나도 어른이 되면 가야지라고 생각했는데, 나이 58세가 되어 갑자기 생각이 난 거예요. 아! 더 늦으면 안 되겠다고 생각하고 명예퇴직하고 캄보디아로 왔습니다. 다일공동체에 있다가 지금은 현지마을의 할머니로 있어요."

경기도에서 함께 봉사했던 김계숙 선생님이 갑자기 현직에서 사라지셨다. 갑자기 명퇴하셨다는 이야기를 들었는데, 내내 궁금했었던 선생님을 2009년 캄보디아 톤레삽 호수 근처의 다일공동체에서 만났다. 그 첫 만남의 놀람을 아직도 잊을 수가 없다. 그리고 2023년 캄보디아 조이풀센터에서 다시 만났다.

2009년 한 달간의 라이프대학 간호대학 강의는 나에게 귀한 경험이었다. 강의를 마치고 시엠립으로 건너왔다. 앙코르와트 사원을 비롯해 라이프대학과 관련된 병원과 기관들을 라이프대학의 친절한 직원 봄(BOM)과 함께 방문했다. 먼저 방문한 병원은 최신식의 멋진 대형병원이다. 그런데 병원에는 환자가 한 명도 찾아볼 수가 없었다. 병원비가 너무 비싸서 이 병원을 이용하는 사람은 여행객밖에 없다는 설명을 들으며 아쉬움이 가득했다. 병원 방문 후 톤레삽 인근의 다일공동체를 방문했는데 봄이 우리를 한국에서 온 선생님이라고 소개했다. "우리도 선생님 있어요"라고 소개하며 누군가를 불렀는데 뜻밖에 김 선생님이 나오는 것이었다. 함께 대한적십자사에서 봉사했던 선생님이다. 너무나 반갑고도 놀랐다. 다일공동체에서 보건교사로 섬기고 계셨다. 보건실이 거의 야전병원이다. 환자가 엄청 많았다. 게다가 가정방문까지 하면서 지역의 환자들을 돌보고 계셨다. 남편도 자녀도 두고 명퇴 후 혼자 캄보디아로 왔다는 말에 또 한 번 놀랐다. 또 한 명의 나이팅게일을 만났다. 그 숭고함과 용기에 고개가 숙여졌다. "우리 꼭 다시 만나요"라고 인사하고 헤어졌다. 그리고 14년 만에 다시 만난 것이다. 선생님이 있는 마을은 시엠립에서 멀지 않은 마을에 현지인들을 도우며 마을에서 돕는 할머니로 계셨다. 말을 다 배우지 않은 어린아이들까지도 "할머니, 할머니" 하면서 또렷이 선생님을 불렀다.

"초등학교 때 집에 선교사님들이 우리 집에 많이 오셨어요. 그때 나도 나중에 그렇게 살아야지, 했는데 하다 보니 어느새 50세가 훌쩍 넘었네. 아 더 늦으면 안 되겠다 하고 바로 퇴직을 했어요. 그때가 58세였지. 그리고 바로 캄보디아에 혼자 왔어요. 다일공동체에서 시작했었는데, 마침 그때 선생님을 만났던 거예요. 나도 깜짝 놀랐답니다."

"감독하는 남편도 지금은 캄보디아에 와서 함께 있어요. 다일공동체에서 이곳으로 옮겨왔어요. 남편 성이 조 씨인데 딱 좋지요. 조이풀센터. 여기서 나는 하는 거 없어요. 아이들을 돌보면서 살고 있고 나는 연금 받으니 필요한 것 있으면 그걸로 해주고, 집이 필요하면 집을 지어주고, 더 필요한 거 있으면 기관에서 도움도 받고 잘 지내고 있어요."

활짝 웃는 선생님 모습이 너무나 눈부셨다. 부러웠다. 선생님과 동행해

식당도 가고 국제학교도 방문했다. 어느 곳에 가든 선생님은 늘 그림자처럼 뒤에 있었다. 지역 유지이니 앞서 인사도 할 법한데 거의 존재감 없이 살포시 있는 모습에서 더 큰 감동을 받았다. 조이풀센터에는 게스트하우스도 있어서 캄보디아에 방문하는 선생님은 김 선생님께 연락해서 그곳에서 묵으면서 있는 것도 좋을 것 같다.

헤브론병원,
헤브론간호대학을 이끄는
두 명의 순복

프놈펜의 심장 헤브론병원의 설립과 함께 시작한 장순복 교수님

헤브론간호대학을 꽃피우며 프놈펜을 살리고 있는 박순복 교수님

프놈펜의 나이팅게일인 두 명의 순복 님을 소개하려고 한다. 프놈펜의
심장 헤브론병원의 설립과 함께 시작한 장순복 교수님과 헤브론간호대학
을 꽃피우며 프놈펜을 살리고 있는 박순복 교수님이시다.

헤브론병원은 프놈펜의 시장 중심에 있다. 복잡한 시장길에 사람들이
참 많다. 시장길 한 편에 병원 문이 있는데, 문 입구부터 사람들이 앉아 있
다. "시장 보고 쉬는 중인가요?"라고 물으니 병원 진료받으러 대기하는 사
람들이라고 한다. 이 병원은 프놈펜의 저소득층 사람들에게는 희망인 병
원임을 알 수 있었다. 처음 헤브론병원을 짓는다고 연세대 간호학과 교수
님이신 장순복 교수님께서 찾아오신 때가 떠올랐다. 병원에 후원할 물품이

없는지 찾아보고 소독비누를 보낼 방법을 찾다가 끝내 운반 문제로 보내지 못했던 기억까지 다시 떠올랐다. 이후 예비간호사를 양성하는 일을 시작하셨고, 현지 대학에서 간호학과 학생들이 실습할 수 있는 실습지로 운영했다. 그 당시 코이카로 캄보디아에 파송된 간호사와 연결하고 코이카 시니어 단원으로 계셨던 최은경 선생님과 연계해서 연계해서, 학교보건매뉴얼, 심폐소생술 모형, 건강검사 도구 등을 보냈던 일이 주마등처럼 떠올랐다.

이제 박순복 교수님께서 헤브론병원의 간호학 학생들을 열정으로 길러내신다. 설명을 듣는 내내 헤브론의 간호는 순복이 다 해낸다는 생각이 들 정도로 열정이 대단했다. 헤브론병원 내부는 환자로 가득했다. 헤브론병원도 1세대의 설립의 감격이 이제 부흥의 2세대로 넘어가는 것이 느

박순복 교수님이 헤브론간호대학을 소개하는 모습

껴진다. 젊은 의사, 헤브론병원 이지훈 진료 부원장님의 캄보디아인에 대한 사랑과 열정이 대단하다. 특히 기뻤던 것은 부원장님의 정주영 사모님이 라이프대학에서 1년간 교수를 하셨던 분이셔서 더 좋았다. 캄보디아에는 그렇게 자신의 재능을 다해 청년의 삶, 신혼의 삶을 모두 캄보디아에 헌신하며 살고 있는 사람들이 있다. 그들은 그곳 캄보디아에서 아픈 사람들을 치유하며 살고 있다. 어떤 마음이 이들을 이곳에 있게 했을까? 한 번 사는 삶, 이렇게 값지게 사는 삶도 너무 멋지겠다는 생각이 든다. 그 고귀한 부부에게 마음껏 축복을 빌었다.

헤브론병원 투어 모습

심장수술 수혜 어린이들

기금 전달(안젤라 서 총회장, 이지훈 부원장)

캄보디아 모노롬의
나이팅게일, 성진숙 센터장

　이번 봉사에서 처음 만난 성진숙 선생님은 간호사며, 선교사다. 1999
년 8월 공군 제대를 하고 선교사의 삶을 시작했다. 캄보디아 라이프대학
에서 교수를 하고, 연변과학기술대학에서도 교수를 하고, 현재는 모노롬
의 헬스클리닉 센터장이다.

미국에서 간호사를 하고 캄보디아에 와서 라이프대학에서 간호학 교수를 한 성진숙 선생님은 현재는 프놈펜에서 1시간 거리에 있는 작은 시골마을에 의료센터를 준비하고 있다. 이곳 주변에는 의료기관이 없어서 주민들에게 의료서비스를 제공하기 어려운 지역이다. 의료센터는 조산학을 기반으로 조성 중이다. 입구에 들어가자마자 시멘트 바닥에 설치된 미끄럼틀과 그네가 보인다. 시소를 타는 아이들의 모습이 마치 곡예단의 곡예사들처럼 위험해 보인다. 이러다가 떨어지면 크게 다치겠는데, 하고 생각하던 중 옆에 있는 교수님이 "놀이터가 너무 위험해요"라고 한마디 하신다. 함께 간 청년팀이 이 놀이터를 어떻게 안전하게 만들어줄까, 고민하고 논의하고 있다. 기특한 우리 청년팀. 그들의 논의는 센터 설명을 들으며 중단이 되었다. 원래 모래 놀이터가 있는데 공사하는 동안 잠시 옮겨놓은 것이라 한다. 아. 그렇구나….

병원은 산과병원으로 분만실, 회복실 등 구획이 잘 구성되어 있었다. 향후 침대와 의료장비 등도 지원받아서 갖출 계획이라고 한다. 옆에 있는 유치원도 정겨웠고 작은 교회당도 시골 교회처럼 마음이 평온해진다. 그곳에서 혼자의 몸으로 유치원과 교회 의료센터까지 어떻게 하실까 걱정이 많이 되었지만, 하나님이 하신다는 말씀에 그 신앙에 고개가 숙여졌다. 짧은 시간이었지만 성진숙 선생님과 대화하면서 그분의 고귀한 삶에 감동을 많이 받았다. 나는 지금 무엇을 하고 있지? 그런 생각이 든다.

문득 내가 코이카에 지원했었던 장면이 떠오른다. TEPS시험을 서울대학에까지 가서 보고, 실무면접과 일반면접까지 두 번의 면접을 거쳐서 코이카 필리핀 보건영역에 지원해서 최종 불합격을 받은 적이 있다. 그때 면접관의 질문이 "보건교사도 좋은데 왜 가려고 합니까? 가족은 동의했습니까?"였다. 그때 나처럼 의외였던 직업이 의사인 지원자도 불합격을 받았다. 그분도 지금쯤 슈바이처를 실현하는 의사로 있을 것 같다. 얼굴도 기억나지 않지만, 그때 같이 지원했던 그 의사 선생님이 궁금하다. 가족의 동의 없이 무작정 지원했던, 혈기 많았던 그 시절이 때론 그리울 때가 있다.

캄보디아왕립농업대학교
세종학당 신기조 선생님

캄보디아 최고의 대학인 캄보디아왕립농업대학교에서

건강과 한국을 지키는 멋진 여성 신기조 선생님

프놈펜에 있는 캄보디아왕립농업대학교는 캄보디아에서 한국의 서울
대학교와 같은 명문 대학이다. 우리의 일정 중 대학 방문이 있었다. 왕립
농업대학 입구를 들어서자마자 웅장한 모습에 감탄을 한다. 이 대학에서
보건실을 운영하며 세종학당을 세팅하고 대학생들의 건강을 지키고, 한
글을 가르치는 일을 하시고 계시는 신기조 선생님을 만났다.

더욱 놀라운 것은 살고 계신 주택을 개방해서 게스트하우스부터 공부
방까지 모든 것을 다 지원해주고 계신다. 보건실에 들어가니 1970년대의
우리나라의 옛 보건실을 느끼게 한다. '이 나라에 이분께 복을 주소서'라
는 기도가 절로 나온다. 캄보디아왕립농업대학교의 부총장님과의 만남도

가졌다. 한국, 미국, 호주에서 온 간호사 대학교수님들이 부총장과 간담
회를 하니 부총장님도 협의내내 신기조 선생님을 존중하고 칭찬했다. 뿌
듯한 일이다. 건강이 점점 좋아지지 않아 후임자를 찾고 있다고 하셨다.
이 글을 읽고 마음이 뜨거워지는 간호사가 있다면 주저없이 캄보디아 신
기조 선생님을 만나길 바란다. 훈련도 해주시고 자리도 내어주시고 숙소
도 내어주신다고 하니 얼마나 좋은 조건인가? 이렇게 모든 것이 다 있어
도 사람이 부족한 것이 현실이다. 신실한 마음에 대학에서 몸과 마음과
영혼의 건강까지 책임져주시는 모습이 대단해보인다.

인연은 끊임없이
이어진다

꿈의 땅 캄보디아. 캄보디아에서 많은 만남을 새로운 인연들을 시작하게 되었다. 2009년 라이프대학 강의로 한 달간 있는 동안 대학 숙소에서 묵었다. 완공된 건물이었지만 내부는 열악해서 욕실에는 도마뱀이 기어 다니고 수돗물이 안 나올 때가 많았다. 그래도 학생들에게 영어로 강의하며 간호대학생들에게 꿈과 비전을 이야기하며 꿈을 꼭 이루라고 응원했다. 내가 10년 후에 다시 와서 여러분의 꿈을 함께 축하해주겠다는 말까지 했다. 그렇게 약속했지만 14년이 지나서야 다시 라이프대학에 간 것이다. 그때 30명의 학생이 쓴 'MY DREAM'을 보면서 그들은 지금 어떻게 되어 있을까 궁금해진다. 내가 중학생 때, 대학생 때 꿈을 꾼 그 꿈을 지금 이루면서 살고 있듯이 하나하나 정성을 담아 미래를 계획한 그들의 소망이 모두 다 이루어져 있길 바라며 그들의 꿈에 축복을 담는다.

라이프대학 간호학 강사 참여 감사장

라이프대학 보건실 설치 감사장

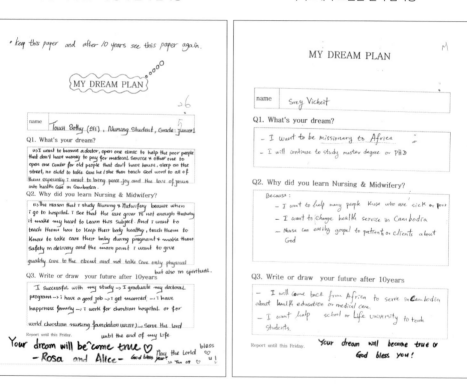

간호대학생이 쓴 10년 후 나의 꿈

나는 꿈을 매일 꾼다. 아이들에게도 꿈을 꾸자고 늘 응원하고 이야기한다. 세계기독간호재단의 이송희를 이어 안젤라 서 총회장이 잇고, 이은숙, 성영희 등이 회장의 자리를 이어가며 한국지회를 단단하게 지키고 그 삶과 철학을 실천하고 있다. 나는 이사로, 회원으로 참여하며 세계 곳곳에서 일하고 계시는 간호사들의 소식을 접하며 대학을 세우는 일에 함께하고 있다. 이곳에는 다양한 분들이 함께하고 있다. 크리스천이 아니어도, 간호사가 아니어도 봉사의 마음이 있다면 세계에 나눔을 실천하고 대학을 세우고 교수진을 파견하는 이 단체에 가입하기를 권유해본다. 대부분의 봉사단체는 후원금 일부를 운영비로 제하지만, 이곳은 100% 모두 후원처에 전달된다는 좋은 강점이 있다. 아울러 봉사를 시작하고자 하는 단체가 있다면, 기관과 협업해 시작하는 것을 권하고 싶다.

라이프대학의 구견회 총장 부부와 함께

잠시 내가 걸어온 삶 속의 나눔 지도를 그려 본다

고등학생 시절에 다녔던 향림원 어르신 봉사와 나자로마을 봉사를 시작으로 나눔에 관심을 두게 되어 대학생까지 이어진 봉사가 떠오른다. 교사가 되어서는 적십자에 속해 체계적으로 다문화 대상 봉사와 바자회 등을 했고, 근무하던 중앙초등학교에서 RCY 지도교사를 하면서 대원들과 바자회, 장애인봉사 등 즐겁게 함께한 나눔의 추억이 있다. SBS 방송프로그램에도 아이들이 출연하면서 봉사를 뜻깊게 만들었던 그 기억을 아이들도 간직하고 있을 것이다.

대장암에 걸려 3개월 시한부를 선고받은 6학년 남학생은 하늘나라에서 행복하게 있을까? 그저 허리가 아파서 병원에 갔는데 대장암 말기를 선고받았을 때, 그 부모님은 얼마나 하늘이 무너지는 아픔이었을까? 그 사연이 너무 가여워 우리와 함께 있는 3개월 동안 함께 공부하지는 못했지만, 편지로 친구들의 응원 마음을 보내고, 헌혈증을 100장이 넘게 모아 보내고, 성금을 모아 보내면서 "우리가 너를 너무나 사랑하고 기억하고 있어. 힘내"라는 메시지를 전달하고 또 전달하고자 노력했다. 예정된 이별이었지만 장례식장에서 오열하던 아버지를 잊을 수가 없다. 그런 와중에도 감사하다는 말씀을 잊지 않으셨던 그분. 삶이 소풍 같다는 말이 실감이 난다. 그저 한번 휙 지나가는 바람 같다. 어떤 이는 이 삶을 바람처럼 살고 어떤 이는 소풍처럼 산다. 나는 어떻게 살 것인가. 어떻게 살아갈 것인가?

초임 때의 공도초등학교도 잊을 수 없다. 학다리를 고쳐주고, 아이들과 민들레를 뜯고, 떡볶이 하나만 사주어도 엄청 고마워했던 시골 초등학교 아이들. 그 순수함 속에서 초임 시절을 보낸 것이 행운이다. 합창지휘를 하며 학교 최초로 금상을 수상했을 때의 기쁨도 컸지만, 아이들에게 멋진 유니폼을 입혀주고자 남대문 새벽시장을 돌았던 그 기쁨이 더 강했다. 경기도교육청에서 각 시군교육청의 특색사업을 소개하며 교육을 서로 공유하던 적이 있었다. 어찌된 일인지 설명 담당을 맡아 한복을 입고 안성교육청 대표로 안성교육을 설명하고 홍보했었다. 땅콩 캐러멜에 "안성교육청을 방문해주셔서 감사합니다"라는 코팅한 종이를 밤새 붙였다. 이 캐러멜을 받는 사람이 행복해하는 얼굴을 떠올리며 신나게 밤을 새웠던 그 시절의 기억도 예쁜 추억이다.

그리고 잊을 수 없는 제자, 은실이. 꿈이 없는 아이가 새내기 선생님을 만나 함께 꿈을 꾸고 이루었으니, 나는 행복한 선생님이다. 나눔은 연구회에서 이어졌다. 경기도초등보건교육연구회 회장을 맡으면서 다문화 거리 봉사, 그룹홈 봉사, 장애인 대상 봉사를 건강체험 부스를 만들어 교육하고, 함께 나들이를 갔다.

나눔이 오히려 기쁨이 된다.
함께 나눌 수 있는 동료가 있어 더 행복하다.
나눌 수 있는 건강을 주셔서 더 감사하다.

지금은 연구회의 봉사가 해외로 넓혀 선생님들과 함께하고 있다. 나눔 덕분에 연구회에서는 인사혁신처장관의 봉사상도 받았다.

나는 해외 여행과는 인연이 적다. 더 정확히 말하면 공적인 해외 방문의 혜택을 한 번도 해보지 못했다. 나의 첫 해외 여행은 40세가 넘어서야 시작되었고, 교회에서 비전트립(Vision Trip, 선교여행)으로 간 필리핀이다. 필리핀에서 대한적십자사 봉사 조끼를 입고 준비해간 물품을 주민에게 마음껏 나누어 주었던 그 경험이 나의 첫 해외 여행이자, 첫 선교 여행이자, 첫 해외 봉사의 시작이다.

경기도교육청 장학사와 화성오산교육지원청 파견교사까지 8년 가까이 행정기관에 있었지만, 담당자에게 주어지는 해외 선진지 시찰의 기회를 한 번도 가보지 못했다. 가려고 할 때마다 걸리는 사람이 너무 많았다. 어느 시도의 장학사가 "나는 매년 해외에 갑니다. 담당자가 견문을 넓혀야지요"라는 말에 견문이 아닌 혜택으로만 생각했던 나를 반성하게 되었다. 교사 시절 처음 시작되었던 미국 선진지 시찰은 점수가 충분함에도 불구하고 점수가 부족한 선배들이 먼저 가시도록 지원조차 하지 않았다. 신종플루로 고생했다고 주어진 일본 선진지 시찰도 포기했다. 흡연예방 담당을 했던 경기도교육청 장학사 시절에는 보건복지부에서 추진한 해외 연수 기회도 할당된 인원을 현장의 교사에게 기회를 더 드린다고 하며 가지 않았고, 장학사를 하면서 미국 해외연수프로그램을 만들었지만 장학관님이 가시게 했다. 교장 연수의 꽃인 해외연수도 코로나19로 가지 못했다. 이 정도면 인연이 적은 거다. 나보고 바보라고 하는 사람도 있었지만 그래도 억울하지 않다. 내 돈모아서 봉사로 가는 것도 나쁘지 않다. 남들에게 떳떳하고 봉사의 의미도 부여하니 이보다 더 좋을 수는 없다. 그래도 현직에 있는 동안 한번쯤은 기회가 왔으면 좋겠다는 생각이 가끔씩 뜬금없이 들 때가 있다.

캄보디아 라이프대학을 다녀온 후 장학사가 되면 기관끼리 협약을 맺고 수시로 교사들을 봉사지에 보내는 일을 공적으로 할 수 있다는 유치원 원감님의 말씀을 듣고 나도 장학사가 되어 조직적으로 하고 싶다는 마음이 생기기 시작했다.

시설 파트에서는 학교와 교실을 지어주고, 보건교사는 보건실을 만들고 보건교육을 실시하고, 영양교사는 급식실을 만들고 영양교육을 시행하고, 일반교사는 아이들을 교육하는 모습을 상상하며 장학사가 되었다. 모두가 협력해 봉사 팀을 만들어 명절이나 방학 때 정례적으로 봉사하는 '경기교육봉사 종합세트 프로그램'을 만들어 전국에 봉사로 앞서나가는 경기교육을 만드는 꿈을 꾸었다. 그런 방대한 꿈을 갖고 장학사가 되었지만, 장학사와 파견교사로 근무한 8년 동안은 추진하지 못했다. 시급한 업무가 너무 많았고 장학사 한 사람의 꿈으로 할 수 있는 것이 아님을 곧 깨달았다. 추후 기회가 된다면 꼭 실현해보고 싶다.

장학사로 못했던 것을 연구회에서 실현할 수 있었다

경기도초등보건교육연구회의 회장이 되면서 2015년 페루 봉사를 다녀왔다. 페루 찬차마요시의 정흥인 시장님이 있었던 그곳에 코이카와 국제한인간호재단과 함께 봉사를 다녀왔다. 당시 경기도교육청 건강증진단으로 있었던 선생님들과 학생들이 함께 다녀왔다. 시장님과 함께한 봉사여서인지 우리의 환영회가 시청에서 이루어졌고, 교육위원들이 맞이해주었다. 경기도교육청의 주무관께서 써준 글을 선물하고 찬차마요시의 학교를 방문해 문화교류, 보건교육, 교사 연수를 실시했다.

페루의 아이들은 대한민국에서 온 선생님들과 친구들을 너무나 좋아했다. 찬차마요시는 버스를 타고 8시간가량 안데스산맥을 넘어야 갈 수

정흥인 시장님과 함께

봉사에 대한 감사장

찬차마요시 교육위원과 함께 환영회

있는 마을이다. 안데스산맥의 고지를 넘을 때는 고산병에 시달리기 때문에 모두 다 약을 먹고 버스에 오른다. 약을 먹었는데도 가는 내내 너무 힘들었다. 그런데 오는 날에는 신기하게도 약을 먹지도 않았는데도 고산병에 시달리지 않았다. 폭우로 인해 안데스산맥이 무너져서 길이 막혔다는 소식이 들려왔다. '우리 한국에 돌아갈 수 있을까?'라는 막막함으로 아무 생각이 안 들었다. 다행히 사람이 걸을 수 있는 길은 확보했다는 소식이 들려와서 우리는 예정된 비행기에 탑승할 수 있겠다는 희망이 생겼다. 그래서 예정보다 하루 전에 출발해 버스로 이동을 했는데 실패했다. 다음날 다시 시도했다. 다른 방법이 없다. 가야 한다. 이번에는 시장님이 관용차로 우리를 태우고 버스 사이를 긴급신호를 울리며 버스 사이를 지나갔다.

더 이상 차가 올라갈 수 없는 구간에 다다랐을 때, 준비된 오토바이가 우리를 맨 꼭대기까지 안전하게 데려다주었다. 그리고 무너진 돌 사이의 틈을 걸어서 넘어갔다. 극적인 순간이었다. 넘자마자 대기 중인 구급차가 우리를 태우고 다시 달렸다. 고산병이 무엇인가? 구급차에서 서로 부대끼며 쭈그려 앉아서 가는 8시간은 그저 감사한 시간이었다. 고산병 증세 하나

없이 산맥을 넘었다. 역시 뭐든 사람은 마음먹기에 달려있다는 것을 실감했다. 덕분에 페루 현지 라디오 방송에 생방송으로 출연도 했다. 이런 나눔의 설레는 체험이 우리를 아프리카로 향하게 한 것일까?

친구 따라 강남 간다는 말이 있듯이 아프리카 봉사는 남아공의 한인학교의 교장으로 있던 친구에 의해 시작되었다. 멀고 문화 피부색 모두가 새롭게 만나야 하는 곳이지만 페루까지 다녀온 우리에겐 아프리카는 검은 땅이 아닌 희망의 땅이었다. 12시간 비행기를 타고 요하네스버그에 도달해 음솔로지까지 버스로 또 이동했다. 화이트리버의 음솔로지 지역의 아이들은 신발을 신지 않은 아이들이 참 많았다. 그곳에서 건강캠프와 함께 준비해간 한국문화체험을 할 수 있도록 펼쳤다. 바리바리 싸들고 간 물품도 넉넉히 나누어주었다. 현지 유치원에서 구강교육을 하고 난 후 그곳의 열악한 환경을 보고 십시일반 모아 아이들의 쿠션을 살 수 있도록 드렸다.

우리는 케이프타운으로 가서 현지 한인학교 학생 대상 성교육과 건강체험 그리고 한글그리기 등 한국문화 체험 활동을 했다. 〈국제한인일보〉에도 이런 우리의 활동을 담은 기사가 보도되었다. 세계에 있는 우리 대한민국 학생들에게도 이런 기회를 제공해주어야 한다는 생각이 든다. 케이프타운은 관광지답게 사람들이 많이 모여있다. 우리는 사람들이 모인 곳이라면 어디서든지 프랜카드를 펴고 에이즈예방캠페인을 위해 제작한 스카프를 걸어주었다. 빅토리아폭포가 있는 잠비와와 짐바브웨에서도 만나는 사람마다 에이즈예방캠페인을 하며 세계 각국의 사람들을 만났다.

아프리카 봉사 이후 캄보디아 봉사까지 이어지게 되었다.

나는 꿈을 꾼다.
꿈이 있는 자는 망하지 않는다는 말을 믿는다.
꿈은 이루어진다는 말도 믿는다.
그래서 매일 꿈을 꾼다.

세상의 모든 아이들이 안전하게 보호받는 세상이 되는 꿈
우리 학생들이 즐겁고 행복하게 학교에 다니는 꿈
선생님들이 행복하게 아이들을 가르칠 수 있는 학교를 만드는 꿈
봉사활동을 시스템화하여 정착되게 하는 꿈
그리고 건강하게 그 일을 할 수 있는 꿈

나는 매일 꿈을 꾼다.

프놈박초등학교 학생들 작품

올해 3월 경기도 양평의 작은 학교 곡수초등학교(이하 곡수초) 교장이 되었다. 꿈의 학교다. 또 하나의 꿈이 생겼다. 곡수초에 발령받자마자 학교에서 받은 첫 인상은 행복이었다. 만나는 아이들마다 행복해 보이고 만나는 선생님마다 행복해 보인다.

곡수초에는 아이들 오십 명에 선생님이 스물다섯 명이다. 이 아이들만을 위한 급식실도 있고 식당도 있다. 매일 따뜻하고 맛있는 음식을 직접 해주시는 선생님도 계신다. 영재학급이 있어서 영재교육이 이루어진다. 2024년에는 양평의 초등학교 중 유일하게 영재학급을 운영한다. 대단한 선생님들이 영재학급을 이끌고 있다. 학생들도 우수하다. 나사(NASA)에서 주최하는 창의올림피아드 대회에 대한민국 대표 금상을 받은 학생도 있다. 주변에서 놀라워한다. 양평에서 유일하게 운영되는 천문동아리도 있다. 별이 빛나는 밤에는 아이들과 선생님이 거대한 천체망원경을 통해 별과 행성을 본다. 이 모든 게 일상이다. 그리고 지금은 천문대와 천문과학실을 만들고 있다. 피아노, 바이올린, 드럼, 기타, 발레 등 배우고 싶은 것은 모두가 무료이고, 체험학습도 무료다. 학교 버스를 타고 아이들은 일년에 열 번가량의 현장체험학습을 하러 간다. 자랑스러운 동문회도 있다. 진작 이런 학교를 알았으면 내 자녀들도 여기서 키웠을 텐데…. 복잡한 도시에서 힘들게 초등학교를 보내게 했던 것을 반성하게 된다. 꿈같은 학교다. 아이들에게 주는 혜택, 탄탄한 교육과정, 학생들 한 명, 한 명에게 쏟는 정성이 최고다. 내년에는 아이들과 지역주민도 함께할 수 있는 체육관을 만들려고 43억 원이 투자된다. 운동장에는 과일나무와 황톳길과 야생화 정원이 있는 학교숲이 만들어진다. 만든 숲속놀이터에서 트램펄린을 하고 외나무다리를 건너며 즐겁게 노는 아이들을 상상만 해도 행복하다.

곡수초는 캄보디아 봉사 중에 발령받은 학교다.

작은 시골마을 학교여서 양평에서도 잘 모르는 사람들이 있지만, 교사, 장학사, 교감 등 나의 교직생활 통틀어 만난 학교 중 단연 최고의 학교다. 5년 동안 근무하고 있는 교감 선생님도 곡수초가 너무 좋은 학교여서 놀랐다고 한다. 2년만 있다가 가야지 했는데, 5년이 되었다고 한다.

이렇게 꿈같은 학교임에도 불구하고 대부분의 시골학교들이 그렇듯 학생들이 더 줄어들면 통폐합이 될 수도 있는 위기에 놓여 있다고 한다. 이렇게 좋은 학교 환경과 교육이 아까울 뿐이다. 꿈이 생겼다. 곡수에 아이들이 모여 즐겁게 공부하고 뛰어노는 꿈이다. 역사 깊은 곡수시장 상점의 불빛이 다시 켜지는 꿈이다. 지평면 곡수리 곡수시장이 다시 살아나는 꿈이다. 어디서든 얼마나 함께 있든 최선을 다하고 싶다. 꿈꾸는 자 망하지 않으며, 꿈은 반드시 이루어진다는 말을 믿으며, 마음 담아 심은 이 꿈이 곡수에서 이루어질 것을 소망한다.

꿈을 따라
캄보디아로 가는 길

아이들에게 사랑을 쏟는 모습이 열정이란 단어로 그려진다.

이번 여정에서 참여한 모든 대원들은 열정 그 자체였다. 학교에서는 교사로 묵묵히 아이들을 사랑하고 캄보디아에서는 모든 정성과 에너지를 쏟은 선생님들과 학생들이 대단하다.

연구회의 간사인 김명숙 선생님은 언제나 창의적이며 나눔을 실천하는 사랑 그 자체인 사람이다. 캄보디아에서 국제 학술대회에서 한국대표로 발표도 하며 한국의 위상을 높였다. 큰 일을 하실 귀한 분이라 확신한다.

최은화 선생님은 조용한 성격에 내공이 어마어마한 사람이다. 평소 봉사를 실천하고 교육을 앞서 선도하는 능력자다. 캄보디아 봉사도 최은화 선생님 덕분에 교육이 탄탄해졌다. 늘 함께하고 싶다.

신선혜 선생님은 우리를 웃게 만드는 청량 비타민이다. 언제 어디서나

허술한 듯하면서도 치밀한 면을 지닌 무지개와 같은 사람, 예쁜 사람이다.

경상국립대학교 이지선 교수님은 MZ세대를 이끄는 멋진 분이다. 언제나 솔선수범하면서도 자신의 주장은 명확하다. 위트 있는 말로 핵심을 항상 간파해서 우리가 실수를 범하지 않게 하는 고마운 사람이다.

박정미 선생님은 상담교사로 이번에 처음 알았지만 치밀하고 꼼꼼함으로 모든 일을 잘 챙겨주었다. 리더로 대표를 해야 할 분이 이번에 대원으로 참여하게 되어 본인은 답답함이 많았을 것 같다. 그래도 덕분에 잘 마치게 되었다.

우리의 희망 청년과 학생들을 잊을 수 없다. 예쁜 얼굴과 좋은 성격까지 지닌 완벽한 조수민 피디님 덕분에 우리의 사진이 풍성해졌다. 멋진 사진작가로, 피디로 성공할 것을 예감한다. 미래의 체육선생님인 김유민 학생과 지금은 군복무 중인 김찬민 학생은 미래의 희망이다. 봉사하는 내내 궂은 일을 도맡아 했다. 예쁜 미소로 아이들과 함께 즐겁게 봉사를 했던 홍나희 학생은 호르니스트다. 현재 독일에서 유학을 하고 있지만, 대학생 시절의 마침표를 캄보디아 봉사로 할 수 있어서 뜻깊다고 했다. 그리고 예쁜 홍나연과 김유은, 심서율 학생 모두가 캄보디아를 꿈의 땅으로 만든 주인공들이다.

이제 그들이 느끼고 싶은 꿈의 모습들이 펼쳐질 것이다.

저자로는 참여하지 않았지만 희망드림 김종필 이사장님과 로타리클럽, 사회복지자님들 덕분에 값진 추억을 많이 만들었다.

캄보디아에서 봉사하며 느낀 에피소드들과 곳곳에서 꿈을 실천하며 다른 삶을 살고 있는 많은 분들과의 만남은 미래에 대해 자신에 대해 더 성찰하게 만들었다. 참여한 대원 한 명, 한 명의 글을 설렘으로 만나려고 한다.

이제 글을 통해 캄보디아를 만나볼까요?

"꿈의 땅 캄보디아로 출발!"

Cambodia

2장

3인 3색 교사들이
교육으로 펼치는
무지갯빛 꿈

김명숙, 신선혜, 최은화

Cambodia

✿

김명숙

내 마음의
별을 따라서

ដើរតាមផ្កាយក្នុងចិត្តខ្ញុំ

　　캄보디아를 다녀온 기록을 어떻게 남길지 고민하던 끝에 시간은 사진
으로 정리하고, 글과 글 사이사이 여백을 두기로 했다. 남겨진 여백은 독
자들의 생각이 머물 수 있는 쉼터가 되기를 희망한다.

배우고, 나누며
성장하는 사람

　2022년 연말은 코로나19로 인한 팬데믹 상황에 대한 불안이 채 가시지 않은 시기였다. 내가 지인들의 만류를 뒤로 하고 "앙코르와트와 킬링필드"가 있는 곳 정도만 알고 있던 나라로 걸음을 옮기게 된 이유는 두 가지이다. 첫 번째는 신(神)과 맺은 약속에 대한 실천과 마무리하지 못한 공부에 대한 각오를 새롭게 다지기 위한 일이었고, 두 번째 이유는 인생 버킷리스트 중 하나를 실천하기 위한 일이었다.

　첫 해외 봉사를 다녀온 아프리카는 내 나이 쉰에 열여덟 아들과 함께 다녀온 동경(憧憬)과 서원(誓願)의 땅이었다. 나는 하늘의 뜻을 안다는 지천명(知天命), 아들은 인생의 변곡점을 준비하는 고등학교 3학년을 앞둔 선택의 시기였다. 엄마와 아들로서 우리는 서로에게 하고 싶은 이야기를 글로 남기며 버킷리스트도 채울 수 있었다. 딸이 동행하지 못한 것에 아쉬움이 남았던 나는 두 번째 해외 봉사지 캄보디아가 그때의 아쉬움을 대신할 것이라 기대했다. 하지만 나의 기대와 달리 딸은 단숨에 봉사 참여를 거절했다. 군대를 다녀와 복학생이 된 아들은 일정 조절이 어려워 참여하지 못했다. 나는 가족 단위로 구성된 봉사팀에 혼자 참여하게 되었다.

그래서일까?

엄마와 딸이 나란히 걸어가는 뒷모습을 보며
부럽다는 생각을 여러 번 했다.

모든 길은 열려 있다.

수많은 길이 열려 있지만 내가 걸어가야 길이 되어 준다.

방향을 돌리고, 앞을 향하여 걸음을 옮겼을 때,

비로소 나의 길이 되었다.

　첫 해외 봉사지 아프리카를 다녀올 때는 경험 많은 선배들이 있어 조력
자의 역할을 담당했으나 이번에는 총괄팀장을 맡아 준비와 진행, 마무리
에 대한 부담감이 있었다. 전체 일정은 2개의 독립된 단체와 협업을 하게
되었다. 총 10일의 일정 중 전반기 3일은 세계기독간호재단에서 주최하는
학술대회와 교육기관 탐방에 참여하고 후반기 7일은 경기청소년희망센
터가 주최하는 교육봉사에 참여했다. 목적이 다른 두 기관과 협업을 하는
과정은 팀을 꾸리고, 물품을 챙기는 일에 에너지가 많이 소모되었고, 관계
자들과 소통하는 일도 지혜가 필요했다.

우리 팀은 중학교 1학년부터 70대에 이르는 나이와 학생, 교수, 교사, 선교사, 사회복지사, 공무원 등 다양한 직업을 가진 사람들로 구성되었다. 이들 속에 내가 잘 녹아들 수 있을지 걱정되었다. 하지만 나의 걱정이 기대와 설렘으로 바뀌기까지는 그리 오랜 시간이 걸리지 않았다.

공사장에서나 볼 것 같은 비계에 오르는 청년들의 열정을 만나고 호수 위에 곱게 물든 석양을 배경 삼아 추억도 남겼다. 언어는 달라도 앎의 지평을 넓혀 준 해외 간호학자들과 만남도 가졌고, 은퇴한 보건교사 선배가 전해주는 삶의 가치와 성과도 확인했다. 가진 것을 나누며 안주하지 않는 성장의 삶을 살아가고 있는 간호사 선배들을 만나며 나의 걱정은 설렘과 기대로 바뀌었다.

9박 10일

낯설고 어색했던 우리는

주어진 시간을 함께 걸어가는 동안 각자의 색깔을 빛내며

교육과 봉사라는 공동의 목표 아래 배움과 나눔을 통해 성장했다.

땀 흘리고 웃으며

그렇게...

우리는 서로의 빛깔로 물들었다.

겹(裌)이
두터워지는 사람

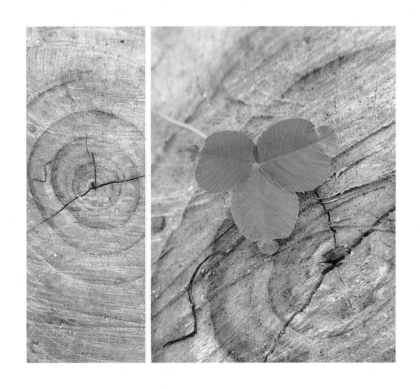

교학상장(敎學相長)

가르치고 배우며 함께 성장하는 일

배움은 맑은 눈을 가진 아이들의 호기심이며,

가르침은 시간을 먼저 살아온 어른들의 애정이 만들어 내는

눈 맞춤의 열매다.

다른 언어를 사용하는 우리, 서로 말이 통하지 않아도 괜찮다!

서로를 향한 눈 맞춤으로

가르치고 배우기 위한 필요충분조건은 이미 완성되었다.

기차놀이

앞사람 어깨에 두 손을 올리고 서로의 걸음을 따라 "칙칙폭폭" 소리에
박자를 맞추어 달리면 목적지에 다 함께 도착할 수 있다.

꼭 기억할 규칙

앞사람의 어깨를 놓치면 즉시 그 자리에 멈추어 서야 한다.

다시 달리기 위한 조건

반드시 앞사람의 어깨에 두 손을 올려야 한다.

캄보디아 반띠민쩌이주 시소폰시 득뜰라면 프놈박마을 프놈박초등학교

이곳엔 450명의 아이와 24분의 선생님이

서로의 어깨에 손을 올리고 꿈을 향한 배움의 기차를 달리고 있다.

선생(先生)

학생을 가르치는 사람,
전문 지식과 인생의 노하우를 겸비한 존경하고 따를 만한 사람

앞서서 배우고, 삶의 지혜를 녹여

온몸으로 가르치는 일을 하며 시간을 먼저 살아가는 사람

목표에 대한 명확한 이해

간결하고 명료한 설명

그들과 눈높이를 맞추었을 때

아이들이 웃었고

나도 웃었다.

사랑해요(I Love You)

서로를 향한 신의(信義)를 눈빛에 녹여

입술 꼬리에 담고

손가락 끝에 모아

온몸으로 전하는 마음의 언어

세상에 있는

그 무엇과도 바꾸고 싶지 않은

내 삶의 일용할 양식

동시 통역사(通譯使)

말이 통하지 않는 사람 사이에서 뜻이 통하도록
말을 옮기거나 그런 일을 하는 사람

나와 같은 목표를 가지고

나와 같은 시간과 공간에 머물며

나와 같은 곳을 바라보는 사람

나와 같은 마음과 생각을 가지고

온몸으로 배움과 가르침의 가치를 전달하는 사람

고마운 크메르인, 그 사람의 이름은 ព្រំ សាវី (Prum Savy)

동료(同僚)

같은 직장이나 같은 부문에서 함께 일하는 사람

그대들은 캄보디아, 나는 대한민국, 우리가 서 있는 곳은 다릅니다.

그러나

같은 목표를 세우고, 같은 꿈을 꾸는 우리는 동료임을 믿습니다.

낯선 일을 경험하는 저에게 베풀어 주신 세심한 배려와 친절을

오래도록 잊지 않고 기억하겠습니다.

우리가 또 만날 수 있기를 희망합니다.

결이
고와지는 사람

도색(塗色)

물체에 색깔이 나게 칠하는 일 또는 행위

무릎을 낮추고

높낮이를 조절하며 서로에게 중심이 되어주는 두 사람

사다리에 의지하여 키를 키우고

낡은 벽 위에 새로운 색을 입히는 일을 함께한다.

까만 눈동자를 가진 아이들을 생각하니

흔들리는 사다리와 얼굴 위로 떨어지는 페인트 방울이 두렵지 않다.

쌩쌩 돌아라, 희망 바람개비!

우리의 수고와 땀방울이 모인 벽화가 있는 숲속 작은 도서관

삶의 내용을 갖추고

힘을 기르며

완성되지 않은 꿈을 찾는 소녀들이 있는 곳

쌩쌩 돌아갈 준비를 마친 희망 바람개비가

소녀들의 꿈에 날개를 달아주고 꽃처럼 피어나기를 바라며

이곳을 방문하는 모든 이들에게 신의 축복이 깃들기를 기도한다.

망고 묘목, 튼튼한 나무가 되어라!

소아마비 아빠, 다리 다친 딸이 사는 집 마당에 심어 둔 망고 묘목

뙤약볕이 내리쬐고 물 한 방울 없는 메마른 땅일지라도

온 힘을 다해 튼튼하게 뿌리를 내리고

가지마다 주렁주렁 열매 맺는 아름드리나무가 되어라.

쇄골뼈가 드러나도록 깡마른 엄마와 아들에게

스스로 일어설 힘이 되어줄 것이라 믿는다.

간호(看護)

다쳤거나 앓고 있는 환자나 노약자를 보살피고 돌봄

어디선가 그렁그렁 거친 기침 소리가 들렸다.

가까운 곳에 병원이 없는 나라, 엄마가 돌볼 수 있어야 한다.

기본 간호학 시간에 배운 객담 배출을 돕는 간호 기술이 떠올랐다.

손을 컵 모양으로 만들고, 공기를 가득 머금은 손바닥 진동이

가래가 가득한 폐포에 잘 도착하기를 바라며

아가의 등 이곳저곳을 톡톡톡!!!

쌔근쌔근 아가의 숨소리가 한결 편안해졌다.

모르는 것을 배우고, 알고 있는 것을 나누며 엄마와 나는 활짝 웃었다.

내 나이 쉰다섯에 처음 만난 캄보디아는

한 폭의 옅은 색 수채화로 다가왔다.

아이들의 등 뒤에 서서

몸을 낮추고

같은 방향으로 걸음을 옮겼을 때

낯선 나라 캄보디아가

선명한 색깔로 물들었다.

나는 좋아하는 일을 하며

겹이 두텁고

결이 고운 사람으로

미숙하고 연약한 이들 곁에 오래 머물고 싶다.

나를 이토록 찬란하게 웃게 만드는 사람들

신선혜, 머리를 맞대고 어깨를 나란히 맞추어주는 동갑내기 친구

전은경, 언제나 나의 걸음보다 앞에 서 있는 동글이 대장

최은화, 묻지도 따지지도 않고 기꺼이 같은 걸음을 걸어주는 동지

이 사람들에게

축복이 눈사태처럼 몰려오기를 기도한다.

내 마음의 별을 따라

좋아하는 일을 하며 배우고, 나누며, 성장하는 사람

겹이 두터워지고, 결이 고운 사람으로 성숙할 수 있는 기회를 준 땅

신, 운명, 기회가 나를 축복한 크메르인들의 나라

캄보디아가 별이 되어 내 마음에 남았다.

"오랫동안 꿈을 그리는 사람은 마침내 그 꿈을 닮아 간다."

- 앙드레 말로(Andre Malraux) -

Cambodia

신선혜

캄보디아의 크메르인과 만남

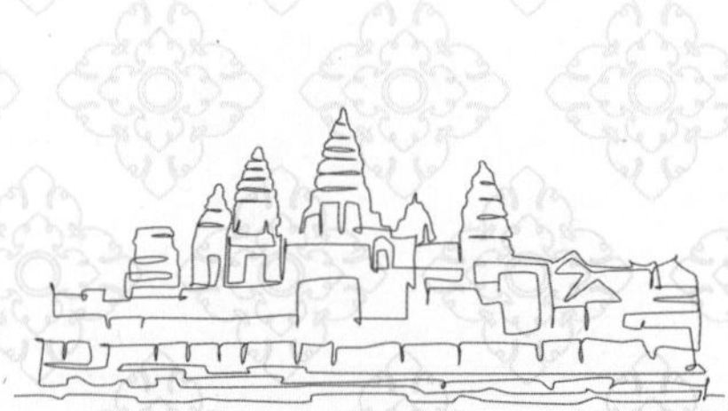

자신의 생각을 글로 표현하기가 쉽지 않지만 봉사활동 중 얻은 감성을 끌어올려 이 소중한 인연을 글로 옮겨본다. 겨울방학에 어디에 갔다 왔냐는 질문에 조금 흥분된 어조로 초등보건교육연구회에서 주최하는 해외 봉사활동에 참여했었다고 말했다. 그런 내 모습이 9박 10일 동안 힘들었지만, 보람되고 가치 있는 시간을 보냈다는 것을 다시금 느끼게 한다.

　프놈펜, 시아누크빌, 시엠립 등 이름도 낯선 그곳 사람들은 소박하고 자연스러운 미소가 사랑스럽고 타국인에게 호의적이었다. 단 음식을 좋아해서 당뇨 질환, 치과 질환 환자가 많았고, 의료시설이 부족해 기본적인 위생교육, 식생활 개선, 약물 오남용 교육이 절실하다는 것은 안타까웠다.

　봉사했던 시소폰 프놈박초등학교 교육활동은 7시부터 11시 40분까지 이뤄졌다. 오후 수업은 없었고 음악, 미술, 체육 예체능 수업도 없었다. 준비과정은 다음과 같다.

① 면티 맞춤 제작

② 수업자료 현수막 제작

③ 구강용품 및 선물 준비

④ 페이스페인팅, 스크래치북 그리기, 종이접기 자료

여정

풍경

 붉은빛에 비치는 지상의 건물들의 형태, 동시에 나무그림자로 올라오는 빛줄기가 사람들의 마음속에 각자의 다른 감동으로 전해짐을 느낄 수 있었다. 시간대별로 색깔과 각도에 따라 나무의 느낌이 하늘의 빛깔과 어우러져서 다채롭게 연출되어 한 편의 드라마를 보는 듯했다.

앙코르와트에 뜨는 태양은 은근하게 건물 사이로 떠오르는 모습이 조용한 크메르인이 연상된다.

톤레삽 호수에서 떨어지는 태양을 보고, 같은 태양이지만 다른 느낌과 영향력을 준다는 생각을 했다. 새로운 태양이 뜨는 희망이 있기에 지는 석양이 아름답고 함께한 순간이 더욱 행복함을 느꼈다.

마치 고대에 떨어져 있는 듯한 자연 그대로의 모습이다.

감사한 이들에게

함께했던 이들에게 감사의 말을 전하고 싶어 이렇게 적어 본다.

전은경 교장 선생님

전 : 전무후무 이런 사람 더 없습니다.
은 : 은빛 날개 달린 천사처럼
경 : 경이로운 업적으로 보건교사의 발자취를 남기셨습니다.
모든 행동에 에너지가 넘치시고, 몸소 봉사를 실천하는 모습에 감동했습니다.

김종필 대표님

협업의 대가. 각종 지역사회 여러 기관을 이어주는 연결고리. 사랑이 없이 그럼 힘이 나오지 않음을 압니다. 여러 단체의 부족한 부분을 찾아내고 채워주고 배려해주시는 혜안(慧眼)을 가지신 분입니다. 감사합니다.

시야하며 편안하게 든든한 지원자이신 선교사님 신상일

신상일 선교사님

대외적인 업무에 때론 가이드처럼, 때론 친구처럼, 때론 아버지처럼 처음부터 끝까지 함께 해주심에 너무나 감사합니다.

선교사님의 보살핌 속에 이어진 캄보디아와 대한민국의 연결고리가 성공적으로 계속되기를 기원합니다.

시야가 넓고 감각이 뛰어나고 부드러우나 통솔력이 있으신 김정옥선교사님

김정옥 선교사님

영양사보다 더 식단에 신경을 쓰신듯한 완벽한 식사 제공에 정말 감동했습니다. 오이소박이, 불고기, 제육볶음, 전, 고등어구이, 쌈장 망고, 리치 과일 등을 맛있게 먹은 생각이 납니다. 너무나 편하게 먹는 데 집중하느라 사진 한 장 찍은 게 없더라구요. 선교사님의 살핌과 기도가 있어 모두가 편안했습니다. 감사합니다.

꾸준히 착실한 온몸을 불태우는 정신력의 총괄책임자 김명숙

김명숙 보건선생님

같은 보건교사지만 너무나 존경스럽습니다. 똑똑한데다 스스로 실천하는 스타일. 움츠리지 않고 당당한 모습에 한 수 배웠습니다. 내색하지 않았지만, 저의 멘토였음을 아시는지요? 감사합니다. 언제나 응원하고 있으니 꼭 기억해주세요.

홍나연 학생

이렇게 차분하고 사랑스러운 아이가 또 있을까 싶어, 대한민국의 미래가 아주 밝다고 생각했습니다. 배려가 몸에 배어 있고 넉넉한 모습이 어디에 가든 적응을 잘할 것 같아요. 함께해서 행복했어요.

홍나희 학생

늘 웃는 미소로 모두에게 화사함을 나누어주어 감사하고 상냥함에 감동했어요. 언니는 동생을 살뜰히 챙기고, 동생은 언니를 잘 따르는 모습이 우애가 깊어 보여 좋아 보여요. 본인은 잘 모르겠지만 예술인의 끼로 온몸에서 빛이납니다.

김찬민 학생

휘청거리는 사다리에 매달려 페인트 작업하던 순간은 지금도 아찔하지 않나요? 공항에서 장난스런 미소를 보였던 게 엊그제 같은데 벌써 시간이 많이 흘렀네요. 지금 아마도 입대했다면 더욱 그 시간이 그립겠네요.

김유민 학생

용감한 형제 두 분이 있어 아주 든든했어요. 꼭 필요한 순간에 용감한 모습이 빛을 발하더 군요. 무대에서 노래도 그리 잘하고, 대한민국의 미래가 아주 밝습니다.

다음에 만날 때는 꼭 체육선생님의 모습으로 함께하길 기대해볼게요.

김유은 학생

조용하고 차분한 성격이라 선뜻 나서기 힘들었을 텐데 함께하고 즐거워하는 모습이 좋아보였고, 동물을 좋아하는 모습이 순수해보였어요.

다음에도 참여하고 싶다고 말해줘서 고마워요.

최은화 보건선생님

"아! 이렇게 온화하면서 교육에 열정적인 보건 선생님이계시는구나" 하고 느꼈습니다. 순간 순간 잠깐씩 나오는 수줍어하는 미소가 너무나 사랑스러우세요. 꼼꼼히 예산관리 하고 디자인 수정 작업해주신 능력자 선생님. 감사합니다.

이지선 교수님

직업으로나, 나이로나 낀 세대. 혹시 외롭지 않았나 걱정되었으나 힘든 내색 없이 함께해 주심과 우리 모녀에게 특히 살갑게 대해주심에 감사합니다.

필요한 순간에 지혜를 내주시고 기지를 발휘해주시니 다음에 기회가 된다면 꼭 같이 참여해주세요.

심서율 학생

차분하지만 담력이 있어 보였고, 조용조용 자기 일을 성실하며 끈기까지 있는 친구. 거기다 아이디어가 넘치는 멋진 친구를 만나서 너무 좋았어요. 친구들에게 인기가 많을 것 같은데 함께해서 행복했어요. 꼭 다음에도 만나요.

박정미 사회복지사님

재기발랄한 성격으로 분위기를 밝게 만들어주시어 감사합니다. 사진 찍는 기술이 여느 사진사보다 뛰어난 것 같아요.

작품 사진 찍는 기술 언제 배우는 기회가 있다면 좋겠습니다.

김성두 사회복지사님

묵묵히 학교 도벽 작업하던 모습이 떠오릅니다. 더운 날씨에도 쉬지 않고 긴 장대를 열심히 페인트칠 해주심에 감사드립니다. 캄보디아에 후원하는 아이가 있다는 말씀에 감동했습니다. 쉽지 않은 일일 텐데 보이지 않은 선을 베푸시는 진정한 키다리 아저씨이십니다.

정병두 남안산 로타리클럽 회장님

망고나무 심을 때 나무의 습성을 제대로 알고 알려주시고 심어주심에 감사했습니다.

야시장에서 상인들과 물건값을 흥정할 때 보여준 순수한 장난기가 지금도 생각이 나서 절로 미소가 지어집니다.

조수민 카메라감독

매번 엄마가 불러도 쪼르르 대답해준 사랑스런 우리 딸. 흔쾌히 해외 봉사활동에 따라와줘서 고마워. 무거운 카메라 들고 한 번도 투덜거리지 않은 것에 한 번 더 고마워. 그런데 엄마는 아플까 봐, 지칠까 봐 걱정이 많았지.

무사히 잘 다녀왔으니 이 소중한 만남과 추억들을 기반 삼아 삶의 원동력이 되었기를 바라.

함께한 내용

보건수업

[저학년]

① 건강 박수

② 구강교육

③ 개인위생교육 : 손 씻기 + 기침 예절 + 식중독 예방 + 샤워하기 + 청
소하기

[고학년]

① 건강 박수

② 구강교육

③ 개인위생교육 : 손 씻기 + 기침 예절 + 식중독 예방 + 샤워하기 + 청

소하기

④ 생리대 사용법 + 아기 안아보기

문화체험

① 페이스페인팅

② 색종이 접기

③ 스크래치북 그리기

다음 기회에 추가하고 싶은 내용

① 외상 치료 자료(응급처치)

② 진로교육(고학년 대상)

③ 문화체험 자료(모래 그림판, 색모래 액자, 퍼즐 맞추기, 동물모양 풍선 만들기 등)

④ 영상을 통한 수업

⑤ 캄보디아 전통춤과 어울리는 활동 수업

에피소드

담낙 스파

어디에든 터줏대감이 있듯이 그곳에도 친절한 한국인이신데, 본인을 이 스파의 매니저라고 말하신 분이 계셨다. 그분이 아로마 스파는 찜질방 이용과 마사지 이용 시간을 더해서 2시간이라고 너무 찜질방에서 시간을 많이 할애할 필요가 없다고 조언하셨다. 그래서 우리는 땀구멍이 여는 정도의 땀만 빼고 순차적으로 샤워하러 올라갔다가 마사지를 기다렸다. 기본 마사지(24달러)와 비교해 마사지사들이 한국어 구사 능력이 조금 뛰어났다. "엎드리세요, 괜찮아요?"라고 묻는 정도였다. 그런데 학생들에게는 존대어를 쓸 필요성을 못 느꼈는지 "엎드리"라고만 말해 우스웠다. 아로마 마사지는 단가가 40달러로 찜질 샤워 포함하고 아로마를 선택할 수 있었는데, 우리 룸은 선택 없이 일괄적으로 로즈마리 향으로 마사지를 받고 나왔다. 그리고 나니 이게 아로마 마사지가 맞나 하는 의문점이 들었다. 하지만 전체적인 소감은 전신을 힐링하는 기분이 들고, 뭉친 근육이 풀려서 피곤함이 한결 좋아졌다. 다시 이용하고 싶은 마음이며 추천하고 싶다.

야시장

다양한 볼거리, 먹거리가 있었으나 먹거리에는 향이 있어 조심스러웠다. 실크류, 은가공품, 코코넛 그릇, 가죽공예품 등 많은 상품이 진열되어 있었다. 또한 흥정의 재미가 있었다. 실크스카프를 처음 10달러에 불러서 깎고, 깎아 3달러(여러 가지 색깔과 디자인)에 2.5달러(투톤)에 살 수 있었다. 코코넛 그릇, 코끼리 그려진 바지, 수놓아진 블라우스나 스커트 등도 둘러봤고, 철판 아이스크림도 맛있었다. 배탈이 나 쇼핑 도중 시장 내 화장실을 이용했는데 유료였고 30니엘이었으며 화장지가 없어서 불편했던 기억이 난다.

호수의 악어

　톤레삽 호수에는 널브러져 있던 악어를 보고 깜짝 놀랐는데 거기에다 악어 내장까지 판매한다고 해서 또 놀랐다. 캄보디아 악어의 내장은 전통적으로 약재로 사용되며, 간 기능을 촉진하고 체질을 정화하는 데 도움이 된다고 한다. 또 악어의 비장은 소화를 촉진하고 체력을 증가시키는 데 사용될 수 있다고 한다. 캄보디아 악어의 고기는 매우 영양가가 높으며, 특별한 맛과 향이 있기 때문에 요리나 음식으로 사용한다고 하는데 우리는 먹어보지는 못했다. 캄보디아 악어의 내장은 다양한 방법으로 활용된다고는 하나 불법적인 악어 사냥을 유발할 수 있으므로, 합법적인 방법으로 생산된 제품을 구매하도록 권장해야 한다.

숲속도서관 외관 페인트

　전체적으로 보나, 부분적으로 보나 어느 시각에서 보든 색과 무늬가 너무 튀지 않고 잔잔하다. 부드러운 느낌의 도서관 모습에 학생들의 정성스럽게 작업한 모습이 고스란히 남아 감동이 느껴진다.

페인트 작업 전

페인트 작업 후

남는 건 사진과 추억

　엄마 오리를 쫓아가는 새끼오리들처럼 기뻐하는 모습이 엿보이는 행복했던 순간들이다.

모두가 함께한 신나는 캠프파이어

낮에는 캄보디아의 뜨거운 태양열에 시달렸지만, 밤에는 그들의 은근한 전통춤을 같이 추면서 즐거운 캠프파이어를 함께했다. 지금 생각해보니 우리의 민속놀이인 강강술래와 조금 비슷하다는 생각이 들기도 한다. 간단한 박자에 맞춰 원을 돌며 춤추고, 흥겹게 피로를 푸는 듯했다.

시소폰 게스트하우스에서 있었던 일

오전 프놈박초등학교에서 보건교육 일정을 마치고, 오후 학교 벽 페인트 작업까지 마친 후 돌아온 가까운 숙소가 게스트하우스였다. 문을 열자마자 커다란 더블 침대가 놓여 있었다. 비교적 침구류는 깨끗했지만, 화장실 하수구에서 올라오는 곰팡이 냄새가 전체적인 시골 마을의 하수 처리 상태를 알 수 있었다.

시엠립 시내버스 안에서 있었던 일

시아누크빌에서 시엠립으로 버스를 타고 갈 때 장난삼아 신호 대기 중에 딸이 눈에 손을 대고 눈알을 뽑는 것처럼 흉내를 내었다. 그 모습을 본 거리의 캄보디아 청년의 의아해했던 표정이 문득 생각난다. 마음속으로 무슨 저런 엽기 모녀가 있나 했을 것 같은 표정이었다.

청소년희망센터에서의 캠프파이어

마이크를 잡고 찬송가를 부르다. 찬송가를 부르며 엉덩이를 들썩들썩, 어깨를 흔들흔들, 빙글빙글, 이리저리 비틀비틀, 술도 안 마셨는데 춤까지 추었다. 나도 내가 그럴 수 있는 사람이란 것에 정말 놀랐다. 우리나라가 아니어서 가능한 일이었던 것 같다.

프놈박초등학교에서 한 보건교육

낯선 캄보디아의 프놈박초등학교 교실. "나는 내가 정말 좋아"라는 말을 아무리 찾아봐도 캄보디아어로는 표현이 어려웠다. 그냥 한국어로 같이 두 마디씩 천천히 따라서 시선과 손뼉도 맞추고 호흡도 맞추면서 첫 대면을 했다. 낯선 언어를 잘 따라 해준 그들의 천진스러운 얼굴 모습이 너무나 고맙고 사랑스러웠다.

다음에 기회가 된다면 스스로 다짐해본다. 나는 강렬한 태양에 오래 노출할 수 없음을 이번에 알게 되었다. 햇빛 알레르기로 온몸에 두드러기가 생기므로 오전에 학교에서 하는 수업 프로그램에 열심히 하고 오후에는 건물에서 나오지 않아야겠다. 야외 페인트 작업이나 망고나무 심기 같은 작업은 내게 너무나 무리였다. 차라리 학습 자료를 만들어 주는 등 실내에서 하는 작업을 했으면 하는 바람이다. 이번 여정에 함께하지 못한 둘째 딸이 부러운 마음을 보태어 그림을 그려주었다.

남들 눈에 비치는 우리의 모습

공항에서 '어메이징'을 외치는 외국인을 만났다. 수화물 용량이 공항마다 조금씩 차이가 나서 우리 일행은 수화물을 부치기 직전에 개인 캐리어를 모두 열어서 구강관리세트, 화장품, 약품 등을 나누어 부쳐야 하는 수고로움을 감수해야만 했다. 이 광경을 보는 외국인의 눈으로는 도저히 이해가 가지 않은 모양이었다. "어메이징, 어메이징" 하는데 참 쑥스럽기도 하고 웃음이 나오기도 했다. 지금 생각해보니 남에게 보이지 말아야 할 것이 있었지 않나 싶은 것들도 창피해 하지 않고 했던 것은 가치가 있는 일이라고 생각했기에 가능했던 일이었던 것 같다.

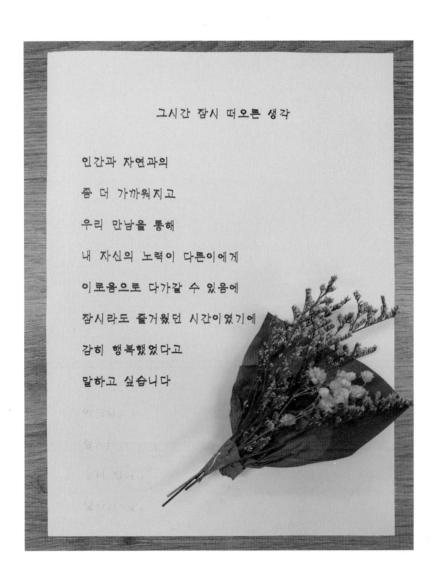

그시간 잠시 떠오른 생각

인간과 자연과의

좀 더 가까워지고

우리 만남을 통해

내 자신의 노력이 다른이에게

이로움으로 다가갈 수 있음에

잠시라도 즐거웠던 시간이였기에

감히 행복했었다고

말하고 싶습니다

Cambodia

최은화

일단!
그냥 해보자!

설레는 도전!

출발

캄보디아 교육봉사! '봉사'라는 말이 어색하지만 내가 가지고 누리고 있는 것들에 대해 주변과 나눌 기회여서, 더불어 이제 중학교 2학년이 되는 딸과 함께할 수 있는 기회여서 감사한 마음으로 출발할 수 있었다.

캄보디아로 떠나는 날! 비행기는 저녁 6시 50분 출발 예정이다. 하지만 공항에는 이미 1시도 되기 전에 각자의 짐을 들고 도착해 있었다. 캄보디아에 전해줄 교육자료와 생필품들을 하나라도 더 가지고 가기 위해 너나할 것 없이 각자의 짐에 정리하느라 정신이 없었다.

해외까지 봉사하러 가기 위해 애쓰시는 모습에 이번 여행을 하지 않았다면 선배님들의 삶의 모습을 나는 알지 못했을 것이다.

아침부터 시작된 캄보디아로의 출발은 비행기 지연으로 결국 밤 9시가 넘어서야 날아오를 수 있었다.

새로운 출발! 아이들과 함께한 기차놀이처럼 모험을 향해 한 발을 내디뎠다.

도전

코로나19는 위기이자 기회였다!

아무도 없는 공간에서 카메라를 보며 수업 영상을 촬영해 보건교육을 하고, 줌(Zoom)으로 학생들을 보며 실시간 온라인 원격 보건수업을 하게 되었다.

그동안은 나와 별 상관이 없었던 구글, 패들렛, 카훗, 멘티미터, 게더타운, ZEP 등 온갖 새로운 것들이 학교 안으로 들어왔다. 매일매일 새로운 것들을 익히기에 바쁘게 살아내면서 주변을 제대로 돌아볼 여유를 갖지 못했다. 코로나19와 함께 3년이 지난 지금! 나는 뭔가 새로운 변화가 필요했다. 그것이 캄보디아였다.

'기여, 봉사, 같이(함께)' 최근 몇 년 동안 마음에 새기고 있는 단어다.

혼자 하는 것에는 한계가 있고, 혼자 하는 것은 그다지 즐겁지 않다. 그래서 일에서도, 일상에서도, 나는 뭐든 함께하는 것을 좋아한다.

이번 캄보디아 교육봉사 역시 같이하는 선배 교사가 함께하기에 조금의 망설임도 없이 결정했다.

또 중학생인 딸아이와 함께할 수 있다는 것도 결정에 큰 역할을 했다.

캄보디아행은 도전이자 기회이고 그동안 우물 안 개구리처럼 갇혀 있던 나의 시각을 넓혀줄 수 있는 또 다른 통로였다.

국제학술대회에서 만난 캄보디아 간호대학 학생들!

세계기독간호재단 국제학술대회에 참여한 캄보디아 간호대학 학생들의 교복을 입은 모습이 낯설면서도 왠지 친근했다. 이른 시간부터 열심히 참여하는 모습을 보면서 뭉클하기까지 했다. 이른 아침 시간임에도 교복을 차려입고 낯선 사람들 속에 눈을 반짝이며 무언가를 기대하는 눈빛을 보게 되니 왠지 모르게 눈물이 핑 돌았다. 편안하고 안락한 환경에서 직장을 다니면서도 '힘들어!'를 반복하며 감사함과 행복을 알지 못했던 내 모습을 되돌아보게 된다. 많은 것을 누리고, 많은 것을 가지고 있음에도 부족함만 보았고 감사함을 알지 못했다. 말이 통하지 않으니 선뜻 다가가 이야기해보지 못했지만, 각자의 삶을 열심히 만들어가는 모습이 감동이었다.

새로운 사람, 새로운 장소, 새로운 경험!

새로운 경험은 늘 불안과 함께 설렘을 준다. 게다가 첫 해외 봉사라니! 뭔가를 해야만 할 것 같은 의무감과 딸과 함께하니 낯선 사람들 속에서 얼어붙지 않고 잘 해내야만 하는 막연한 책임감이 더 긴장하게 했다.

나는 전형적인 ISTJ로 내성적이고, 계획적이고, 성실한, 틀에 박힌, 다람쥐 쳇바퀴 돌 듯 반복되는 일상에 안전함을 느낀다. 그런 내가 낯선 사람들과 함께, 태어나 처음 가보는 나라 캄보디아에, 교육봉사라는 이름으로 떠나게 되었다. 게다가 엄마로서 챙기고 돌봐야 하는 딸과 함께! 새로운 사람, 새로운 장소, 새로운 경험 속으로 나를 밀어 넣었다.

나는 변화를 두려워하지만, 새로운 도전을 좋아한다. 새로움에서 오는 긴장과 떨림을 설렘으로 느낀다. 새로운 자극이 성장의 기회로 내게 올 것을 알기 때문이다.

아직 완성되지 않았지만, 시골 마을에 있는 우리나라의 보건진료소를 본뜬 곳을 방문했다. 한국, 미국 등 많은 사람들의 도움으로 진료소의 모습을 만들어가고 있는 선교사님의 모습을 보며 내가 알지 못하는 곳에서 많은 사람이 서로를 위해 무언가를 하고 있다는 사실에 놀랍기도 하고 나도 뭔가를 해야 할 것만 같은 마음이 솟아났다.

신발도 신지 않고 놀이터에서 노는 아이들, 한국에서 온 낯선 이들을 보기 위해 주변에 서성이는 아이들을 보며 내가 뭔가를 베풀고 함께할 수 있다는 사실에 감사했다.

모노롬의 보건진료소

라이프대학

더운 날씨에 에어컨도 없이 선풍기만 돌아가는 대학교! 엘리베이터마저도 없었다. 좁고 어두운 계단을 올라 강의실에 들어설 수 있었다.

대학교라는 말이 무색하게 교수진도 확보가 어려워 재능기부로 참여하는 교수님들이 강의를 해주고 계신다고 한다. 누군가는 대가 없이 세계 곳곳에서 나눔을 실천하고 있는 모습에 부럽기도 하고 부끄럽기도 했다.

내가 아닌 타인을 위한 삶을 사는 분들에게 감사한 마음이다.

조이풀센터

경기도에서 보건교사를 하시다 퇴직하시고 남편분과 함께 캄보디아에서 선교사로 계시는 김계숙 선생님.

유치원생부터 대학생까지 20여 명이 넘게 함께 생활하는 곳을 방문하게 되었다. 입구에 널어둔 빨래를 보며 이곳이 많은 사람이 함께 생활하는 곳임을 알 수 있었다. 1년만 생각하고 오신 곳에서 10년 넘게 생활하고 계신다는 말씀에 우리 삶은 어디로 어떻게 이어질지 모른다는 생각이 든다. 지금 내가 있는 곳에서 내가 할 수 있는 것들을 성실하게 해나가야겠다.

삶은 아름다워

까칠하지만, 속 깊은 딸!

우리 딸은 어느 땐 엄마인 나보다 더 생각이 많고 배려심이 큰 아이다. 중학교 1학년이니 많은 경험을 해야 할 것 같다며, 또 좋아하는 가수의 콘서트 티켓을 얻기 위해 캄보디아에 함께 봉사하러 가기로 협상을 했다.

얼결에 같이 가겠다고 했지만, 서로에게 윈윈인 거래였다. 아무래도 나는 혼자는 자신이 없었다. 뭐든 '함께'가 좋으니까. 출발하기 전 청년부 학생들이 프놈박초등학교에서 할 페이스페인팅과 종이접기를 연습하며 나름 차곡차곡 준비해나갔다. 비행기 안에서, 캄보디아에서 볼 영상들도 내려받아 준비하고, 볼지 안 볼지 모를 책들도 캐리어 한 켠에 챙겨 넣는다. 언제나 똑 부러질 정도로 단단하고 경계가 확실한 딸이다. 어느 땐 어른인 나보다 더 의젓해서 내 모습을 돌아보게 만드는 딸이다.

이번 여행에서도 움츠러들지 않고 자신의 의견을 잘 이야기하고 해야

할 일들을 스스로 찾아서 하는 모습이 대견하다. 어느새 훌쩍 큰 우리 딸, 서율이.

낯선 곳, 낯선 사람을 너무나 힘들어하면서도 중학교 2학년이 되니 다양한 경험과 도전이 필요하다면서 선뜻 함께하겠다고 했다. 청년부는 따로 나누어 진행하자는 말에도 엄마 옆을 벗어나 청년부 친구, 언니, 오빠와 함께하고, 그 안에서 본인의 몫을 해내는 모습을 보니 뿌듯하다.

캄보디아에 도착 전 비행기 안에서 써야 하는 입국 신고서도 비행기 멀미하는 나를 대신해 혼자 알아서 작성하고, 출국심사 때 여권에 붙여 준 입국 확인서를 찾지 못해 당황하고 있을 때도 아직 시간 많으니 괜찮다며 내 옆을 지켜준 딸에게 고맙다.

가끔, 함께한 사람들 속에서의 작은 불편함을 털어놓고 이야기하면서 어느 때보다 많은 이야기를 나누고 서로의 마음을 나눌 수 있는 시간이었다. 엄마의 힘듦도 알아주고 본인의 힘듦에 대해 이야기하면서 다른 사람들도 그럴 거라는 마음까지도 읽어낼 줄 안다.

앙코르와트

말로만 듣던 앙코르와트! 새벽 4시부터 준비해서 앙코르와트를 방문했다. 해 뜨기 전부터 자리를 잡고 기다리며 일출 장면을 함께 봤다. 웅장하고 거대할 거란 기대와 달리 오히려 작고 따뜻하단 느낌이 들었다.

앙코르와트를 둘러보며 들었던 놀라웠던 역사는 이후에 한국에 돌아와 검색하며 다시금 살펴보게 되었다.

앙코르와트는 축조된 이래 크메르제국의 모든 종교 활동의 중심지 역할을 맡은 사원이다. 처음에는 힌두교 사원으로 힌두교의 3대 신 중 하나

인 비슈누 신에게 봉헌되었고, 나중에는 불교 사원으로도 쓰였다. 12세기 크메르 제국의 황제 수리야바르만 2세에 의해 약 30년에 걸쳐 축조되었다. 앙코르와트는 길이 5km가 넘는 깊은 해자에 둘러싸여 있으며, 외벽은 그 길이가 3.6km에 달한다. 외벽 안쪽에는 3개의 회랑이 벽을 이루어 지어져 있고, 사원 정중앙에는 4개의 탑이 1개의 중앙 탑을 중심으로 세워져 있다. 앙코르와트는 그 거대한 규모뿐만 아니라 지극히 정교한 건축 기술과 벽화들로도 매우 유명하며, 특히 여백을 거의 찾아볼 수 없을 정도로 빽빽이 새겨진 부조들로 잘 알려져 있다(출처 : 위키백과).

같은 시간, 같은 공간, 하지만 너무나 다른 삶

일몰을 보기 위해 톤레삽 호수에 도착했다. 길게 뻗은 호수 주변으로 수상 가옥들이 늘어서 있었고 그곳의 사람들은 일상을 살아가고 있었다. 그들의 일상이 나에게는 새로움으로 다가왔고, 수상 가옥들 속 사람들을 보며 같은 시간, 같은 공간에 있으면서도 너무나 다른 모습으로 살아가고 있는 장면들에 잠시 멈춰 생각하게 된다.

호수 위의 고단한 삶(그들은 그렇게 생각하지 않을지도 모르지만)을 살아가는 사람들. 반대로 그들을 보며 일몰을 보기 위해 호수 한가운데로 나아가고 있는 우리. 그들과 나는 무엇이 다를까를 생각해보게 된다. 감사하면서도 내 삶을 더 열심히 살아야겠다는 생각에 이른다.

일몰의 아름다움

수상가옥들을 지나 호수 가운데쯤으로 나오니 그림처럼 펼쳐진 하늘이 눈에 들어온다. 하늘의 아름다움, 일몰의 아름다움에 잠시 숨을 고른다. 내가 살고 있는 곳에도 아름다운 일몰과 일출이 있었겠지만, 나는 그 아름다움을 언제 봤을까? 호수 위에서 바라본 일몰은 일몰 지점에 오기까지 지나쳐왔던 캄보디아인들의 고된 삶을 스쳐 지나가게 한다. 저들도 역시 이런 아름다움을 내가 일상을 보낸 곳에서는 알지 못했던 것처럼 모를 것만 같다.

무념무상

오후 시간 프놈박초등학교 교실 외벽 페인트 작업을 시작했다. 내가 좋아하는 단순·무한·반복 작업이다! 청년들은 청소년희망센터에서 작은 도서관 벽화 작업을, 어른들은 학교 벽 페인트 작업을 맡아 진행했다.

뜨거운 햇볕 아래 학교 건물 벽과 천장의 먼지를 털어내고, 페인트 붓칠을 무한 반복하며 아무 생각 없는 이 시간이 오히려 감사하다.

역시 몸을 쓰는 것이 좋다. 땀 흘리는 것이 뿌듯하다. 모자며, 옷이며, 신발에 페인트가 튀어 노랗게 변해가는 것이 뿌듯하다.

하지만! 내 옆에는 감히 넘어설 수 없는 고수가 있었다. 명숙 선생님!

그냥 조금은 대충 넘어갈 것 같은데 그 선생님께 대충이란 말은 아예 없는 것 같다. 눈에 띄지 않는 곳까지 꼼꼼하게! 정말 열심히 하는 모습에 나는 그냥 바라볼 뿐이다.

망고나무

프놈박초등학교 근처 마을 주민들의 생활에 작게나마 도움이 될 수 있도록 가정마다 망고나무를 심어주기 위해 출발했다. 어쩌다 보니 서율이와 나, 그리고 선교사님 두 분과 함께 이동하게 되었다.

미리 집주인이 파 놓은 곳에 망고나무를 심고 물을 붓고 잘 뿌리내릴 수 있도록 꾹꾹 밟아주면 된다. 햇볕이 뜨거운 한낮에 9그루를 심으며 마을을 돌다 보니 땀이 금세 뚝뚝 흐른다. 내년에 다시 올 때는 망고가 열렸을 거라 기대하며 꾹꾹 밟는다.

맨발의 어린아이들이 호기심 어린 눈으로 바라보는데 내가 할 수 있는 것들이 더 무엇이 있을까를 생각하며 뭔가를 더 많이 하고 싶게 만든다.

일단 하자!

드디어 교육봉사!

드디어 이번 캄보디아 교육봉사의 목적지인 프놈박초등학교다. 단층의 학교 건물이 인상적이다. 교문으로 들어선 후 바로 보이는 관사, 그 옆으로 교실들이 있고, 운동장엔 풀이 듬성듬성, 쓰레기가 곳곳에 쌓여 있었다. 학교를 둘러볼 여유도 없이 도착하자마자 준비한 물건들을 내려 정리하고 바로 교실로 들어가 수업 준비를 했다.

떨리는 보건수업!

다행히 선배 선생님께서 시작해주셔서 떨리는 마음을 가라앉히며 선생님의 수업에 함께할 수 있었다. 처음 보는 해외에서 온 선생님들이 갑자기 보건교육을 한다는데 아이들은 또 얼마나 떨릴까? 나의 떨림과 아이들의 떨림, 기대가 행복함으로 채워지는 것 같다.

나는 내가 정말 좋아!

'나는 내가 정말 좋아'는 같이 간 선혜 선생님께서 캄보디아 학생들에게 알려주고 싶은 우리 말이라며 율동과 함께 준비해온 놀이다.

나는 말 그대로 '나는 내가 정말 좋아'를 잊지 않으려고 노력한다. 잠시 잠깐 잊을라치면 내게 가장 소중한 사람은 바로 '나'라는 사실을 놓치지 않으려 노력한다. 그래서 내가 하는 실수들에 어쩌면 조금은 너그러워질 수 있다. "괜찮아! 다시 하면 돼! 뭔가 다른 의미가 있을 거야!"라며 나의 실수를 감싸려 노력한다. 그렇기에 새로운 도전에 '해보자!' 하는 마음으로 겁 없이 시작해볼 수 있었고, '잘 못해도 괜찮아!' 하며 다시 도전해볼 수 있는 마음이 생긴다.

나의 첫 수업!

마지막 시간, 드디어 나의 수업을 시작했다. 긴장한 탓인지, 흥분된 탓인지 내 목소리는 기어코 교실 밖까지 뚫고 나갈 기세로 커졌다. 앞선 두 선배님의 수업을 보며 "왜 저렇게 목소리를 크게 하시지?" 하고 의아했는데…. 역시 해봐야 안다! 막상 학생들 앞에 서니 목소리는 걷잡을 수 없이 커지고 심장은 터질 듯이 쿵쾅거린다. 어떻게, 무슨 말을 하며 수업을 했는지 지금은 기억도 나지 않지만, 그 순간의 떨림, 설렘, 호기심, 긴장감, 행복감은 여전히 남아있다.

두 손을 모아 감사를 표하는 아이들이 너무나도 소중하게 다가왔다.

무슨 말을 하는지 알 수 없었지만, 해외에서 온 낯선 선생님이 하는 말에 열심히 손도 들어주고, 대답하려고 애쓰는 모습이 그렇게 예쁠 수가 없다. 통역하시는 분께서 오히려 더 열심히 설명해주시니 나도 덩달아 열심히 할 수밖에. 머릿속은 긴장되어 하얗게 되어 버렸지만, 열정을 담아 수업을 했다.

서툴지만 캄보디아어로 '쫌립쑤어(안녕하십니까)' 하며 인사를 했다. '나는 내가 정말 좋아!'도 우리말로 알려주고, '나는 내가 정말 좋아!'에 맞춰 손동작을 함께하면서 마음을 열고 보건교육을 시작했다. 양치질은 하루에 몇 번 하는지, 어떻게 하는지 묻는 말에 부끄러워하면서도 답하는 아이, 번쩍 손 들고 당당하게 앞으로 나와 답하는 아이, 우리나라나 캄보디아나 같은 모습이다. 너무 예쁜 아이들이다. 까만 얼굴에 큰 눈망울이 아직도 떠오른다. 호기심에 가득 찬 눈빛, 무슨 생각을 하는지, 어떤 말을 하고 싶은 건지 너무 궁금하고, 그런데도 모르지만, 알 것 같은 표정들이다.

나를 바라보는 눈빛에 왠지 모르게 뭉클하다. 갑자기 눈물이 왈칵 올라왔다.

작은 선물에 두 손 모아 감사를 표하는 아이들. 뭔가를 더 나누고 싶고, 뭔가를 더 해야만 할 것 같은 마음이다.

40분의 짧은 시간인데도 등에서는 땀이 주르륵 흐른다. 나 역시 아이들처럼 긴장되고 떨리는 시간이었다.

일단 하자!

망설임은 걱정만 커지게 할 뿐 일단 실행하고 나면 걱정은 해냄으로 바뀐다. 일단 하자! 일단 해보자!

계산하고 따지느라, 해보기도 전에 걱정만 하느라 시작도 못 하는 경우가 많다. 일단 시작하면, 일단 해 보면 걱정은 걱정일 뿐이라는 걸 깨닫게 된다. 그리고 해내게 된다.

이번 캄보디아행의 키워드는 '일단 하자!'로 마무리하고 싶다. 무엇이든 마음 먹었다면 일단 하자! '준비가 다 되면, 걱정거리들을 모두 해결하고 나면, 어떤 것이 옳은지, 옳지 않은지, 내게 득이 될지, 실이 될지 계산이 끝나고 나면'이 아니라 일단 해보자! 그것이 누군가와 함께라면 더없이 좋을 것 같다.

Cambodia

3장

협력해서
함께 참여한
각양각색의 꿈

이지선, 박정미

Cambodia

✳

이지선

나눔,
성장하는 시간

"어떻게 되고 싶은가요?"

"어떻게 살고 싶은가요?"

두 가지 질문에 당신은 어떻게 대답하겠는가?

얼핏 들으면 유사한 의미로 생각할 수 있는 이 질문을 나는 이렇게 받아들였다. 첫 번째 질문은 꿈을 찾고, 두 번째 질문은 꿈을 이루기 위한 희망을 찾게 하는 거라고. 그리고 이 질문의 대답 형태는 우리의 삶이 목적지향적인지, 아니면 과정 중심적인지에 대한 가치관과 방향을 살펴볼 수있게 할 것이다.

꿈을 이루기 위해서 과정은 필수적인 요소이다. 그리고 그 과정에서 희망을 찾을 수 있는 가치 있는 기회를 만난다는 것은 큰 행복일 것이다. 나는 지금부터 2023년이 시작되던 그때의 아름다웠던 경험을 이곳에 남겨보려고 한다.

머피의 법칙(Murphy's law)

2022년 여름, 자율연수 및 국제학술대회 참석(프랑스, 스코트랜드)

2022년 겨울(예정), 국외기관 연수(미국)

2023년 여름, 국제학술대회 참석(아랍에미리트)

특별한 문제가 없다면 국외 출장과 연수가 승인되겠지만, 학기마다 국외 일정이 있던 상황에서 추가로 국외 학술대회와 자율연수를 신청한다는 것은 입사 2년 차에게 적지 않은 부담이었다. 더욱이, 캄보디아는 내가 방문하고 싶은 위시리스트에 없던 곳이기도 했고, 학술대회의 주제에 부합하는 포스터 발표 콘셉트를 찾아 새로운 연구의 초록을 준비할 마음의 여유도 없었다. 그리고 여러 지역으로의 이동과 함께 오전 일찍부터 늦은 저녁까지 예정된 프로그램의 구성은 그동안의 경험에 비추어 볼 때 나에게 다소 힘들고 빡빡한 일정이었다. 나는 이 활동을 거절할 수밖에 없는 타당한 이유가 있기를 바라고 있었다.

이런 나의 바람과 달리 나는 프로그램에 참여하기로 했고, 어느덧 출발일이 되었다. 출발 전에 연구 미팅이 있어서 오전 8시 15분 기차에 탑승해야 했다. 입국 후에 분주해지는 일상을 원하지 않았기 때문에 출국 전에 할 수 있는 것들을 최대한 마무리하고 싶었지만, 어느덧 시계는 출발일 새벽 4시를 향하고 있었다. 쏟아지는 잠을 이겨낼 수 없어서 잠시 눈을 붙인다는 게… 앗, 눈을 떠보니 오전 7시 45분이다. 기차역까지 도착할 수 없는 시간이었다. 나는 잠깐 셧다운 상태가 되었고, 부랴부랴 확인해보니 다행히 내가 예매한 기차의 다음 정차지는 예정된 탑승 장소에서 멀지 않은 곳이었다. 출근 시간과 맞물려 기차의 다음 정차지까지 시간 내에 도착할 수 있을지 확신할 수 없었지만, 예매한 기차를 탈 수 있도록 해볼 만한 시도는 다음 정차지에서의 탑승이었다.

출발일 아침의 늦잠, 응급환자로 인해 불가피한 상황이긴 했지만 탑승한 기차의 중간정차와 도착시각 지연, 날씨로 인한 비행기 출발 지연 등 여러 이벤트가 마치 이번 일정이 순조롭지 않을 것을 예고하는 것 같아 괜히 마음이 찜찜했다.

예민하다

자정이 넘은 시간에 도착한 캄보디아는 덥고 습했다. 습한 날씨를 싫어하는 나에게 캄보디아의 기후는 편하지 않았다. 도착 당일 오전부터 시작하는 일정이어서 얼른 쉬고 싶었지만, 한국에서 출국하면서 무료 수하물 기준에 맞추어 여러 개의 상자와 가방에 넣어두었던 물품들을 다시 꺼내어 이후 일정에 맞추어 분류해야 했다. 그리고 새벽 4시쯤 정리가 끝나고 씻으려 하니 이번에는 따뜻한 물이 나오지 않았다.

'캄보디아는 이런 곳이었구나….'

나에게 캄보디아 현지식은 너무 단맛이었고, 후각을 불편하게 자극해 입맛을 잃게 했다. 이동 중에 내가 배정받은 다른 숙소는 오랫동안 사용하지 않은 방이었는지 퀴퀴한 냄새가 났다. 나는 프런트 데스크에 가서 불편함을 이야기했고, 그들은 확인하겠다고 했지만 해결을 위해 방문한 사람들은 방향제와 에어컨 온도를 낮게 세팅할 뿐이었다. 찬물과 따뜻한 물의 방향이 한국과 다르다고 해서 양쪽으로 모두 시도해봤지만 따뜻한 물은 또 나오지 않았다. 피곤함을 잊고자 마사지를 받으러 갔는데 서비스가 일관적이지 않았다. 인천공항에서 '겸손한 마음으로 불평불만 버리고 오기'라고 기록한 나의 마음은 점점 희미해지고 있었다.

그러기를 반복하던 중 일곱 번째 날, 결국 나는 말했다.
"캄보디아는 저랑 맞지 않는 것 같아요."

"예민하다(銳敏하다)."
네이버 사전에서 이 단어의 정의는 다음과 같다.
① 무엇인가를 느끼는 능력이나 분석하고 판단하는 능력이 빠르고 뛰어나다.
② 자극에 대한 반응이나 감각이 지나치게 날카롭다.
③ 어떤 문제의 성격이 여러 사람의 관심을 불러일으킬 만큼 중대하고 그 처리에 많은 갈등이 있는 상태에 있다.
[유의어] 까다롭다, 날카롭다, 민감하다.

원칙과 배려가 지켜지는 범위에서 나는 예민한 사람이 아니라고 생각했다. 하지만 불편해지는 어떤 포인트가 생긴다면 불평과 불만을 시작으로 예민함을 표현하고 있는 나를 보았다. 누군가는 나의 예민함을 지적하고, 누군가는 나의 예민함이 발생 가능한 상황이라고 타당성을 인정해주기도 하고, 또 누군가는 그런 상황이 왜 나에게만 나타나는지 안타까워하지만, 명백하게 나는 예민한 사람이었다.

깨우침에서 중요한 것은 방향이다

- 국제학술대회 참석
- 학교, 병원, 지역사회 보건의료센터 방문

많은 곳을 견학했고, 봉사와 나눔을 실천하고 있는 사람들을 만났다. 또한, 새로운 경험을 통해 다양한 개념의 연구와 수업시간에 활용할 수 있는 자료들을 접할 수 있었고, 국제개발 협력에 기여할 수 있는 방안을 모색할 수 있었다.

흥미롭게도, 나눔을 실천하기 위해 어떠한 이끌림 또는 부르심에 의해 캄보디아에 오게 되었다고 답했던 내가 만난 사람들은 매우 편안하고 차분한 어조로 일관되었다. 나는 문득 여고 시절 문학 과목을 담당했던 나의 스승인 시인 도광의 선생님의 말씀이 생각났다.

"사람의 얼굴을 보면, 그 사람의 깊이와 인생을 알 수 있다."

그리고, 궁금해지기 시작했다.

'이들은 어떤 마음으로 이곳에 오게 되었을까?'
'어떤 마음으로 이 열악한 곳에서 살아가고 있을까?'
'이 모습이 '내려놓음'을 통해 얻은 행복을 나누고 있는 것이지 않을까?'

나는 그들의 겸손함과 편안함을 배우고 싶었다. 그리고 그 마음을 다
듬어가며 나를 달래고 있던 어느 시점에, 이곳에서 내가 경험한 깨달음과
감사함을 어떻게든 표현하고 싶었다.

'내가 이곳에 언제 다시 올지 모르니…. 내가 경험한 이 감사함을 지금
이곳에서 표현하는 방법은 어떤 것이 있을까?'

그렇게 나는 이 여정에서 삶의 방향을 다시 정돈하고 있었다.

샐리의 법칙(Sally's law)

이번 활동을 기획하고 제안해 주신 교장선생님은

"아이들을 위해서 더 많이 웃어주고 더 많은 사랑을 나누어 줍시다"라

고 했지만,

솔직히 말하면…

나는 이번 여정을 통해 내가 치유받고 싶었던 마음이 컸던 것 같다.

상대방에 대한 배려보다

이 여정이 적당히 잘 마무리가 되길 바라는 마음으로 지내기도 했지만,

학교에서 마지막 일정으로 모든 학생에게 먹을 것을 나누어주면서

이 작은 것을 소중하게 여기고 간절히 원하는 아이들의 모습이 안쓰러

워 참 많이 미안한 마음이었다.

알고 보니

여정 중에 학생들에게 교육을 제공하기 위해 방문한 초등학교는

내가 강의했던 국제개발 협력 과목에서 '교육' 주제 부분에서 인용하여

활용했던 영상의 실제 기관이었다.

어쩌면 이 모든 것들이 내가 성장할 기회를 주고자 했던 신의 계획이었

을 수도 있겠다.

모두가 행복하고 건강하고 예쁜 일만 있기를 바라며….

All the very best with us!

In the name of the Father, and of the Son, and of the Holy Spirit,
Amen.

In nomine Patris et Filii et Spiritus Sancti Amen.

인 노미네 빠뜨리스 엣 필리 엣 스삐리뚜스 상띠 아멘.

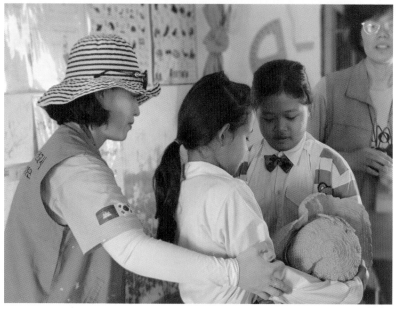

줄리의 법칙(Jully's law)

문예 특기생으로 시적 표현이 다소 자유로웠던 나는 어느덧 객관적 사실을 근거로 뒷받침하는 글쓰기에 익숙해져 그때의 감사한 마음과 벅찬 감동을 한껏 표현하지 못해 매우 안타까울 따름이다. 하지만, 꿈과 희망을 언급하며 두 개의 질문으로 시작한 이 글에서 나는 이번 여정이 꿈을 꾸고 성장할 수 있는 희망을 만날 수 있는 시간이었다고 감히 말한다. 또한, 그 여정은 간략하게 머피의 법칙으로 시작했던 출발이 샐리의 법칙을 경험하며 깨달음을 얻게 하였고, 줄리의 법칙을 믿고 시도하도록 하는 계기가 되었다고 비유한다.

머피의 법칙(Murphy's law) : 일이 잘 풀리지 않고 계속 부정적인
사건만 일어남.
샐리의 법칙(Sally's law) : 우연히 좋은 일들이 연속해서 발생함.
줄리의 법칙(Jully's law) : 막연한 행운이 아니라 마음속으로 간절히
기원하는 일은 예상치 않은 과정을
통해서라도 반드시 이루어짐.

사람들은 이번 여정의 주된 키워드로 봉사를 언급한다. 하지만 나는 이번 여정의 핵심 단어로 '성장'을 강력히 제시한다. 봉사의 사전적 정의는 '국가나 사회 또는 남을 위하여 자신을 돌보지 아니하고 힘을 바쳐 애씀'이지만, 이번 여정에서 나는 내가 가진 작은 능력을 나눌 기회를 받았고,

함께하는 경험을 통해 성장할 수 있는 시간을 가질 수 있었으며, 이를 통해 삶의 방향을 정돈해볼 수 있지 않았는가. 역시, 삶의 순간은 의미 있는 무언가를 지속해서 전달한다.

특별한 당신, 다 잘될 거예요

어설프지만, 이 글을 마무리하면서 다시 한번 질문을 제시한다. 그리고 이번에는 내가 대답할 차례이다.

'어떻게 되고 싶은가요?'
'어떻게 살고 싶은가요?'
그리고,
'당신의 귀하고 아름다운 삶에서 간절히 기원하는 것은 무엇인가요?'

"지금 이 시점의 내 마음이 평생 유지된다면 너무나도 감사하겠지만, 살아가는 동안 True Self와 False Self의 어느 지점에서 고민하게 될 일들을 경험하게 될 수 있습니다. 그러나 어떠한 상황에서도 판단하지 않고, 행복한 척도, 불행한 척도 하지 않고, 사실에 근거하여 정직하게 보고 싶습니다. 분별심을 없애고 환한 길을 걷고 싶습니다. 그래서 눈이 부시게 아름답고 행복한 오늘을 살아가는 사람이 되고 싶습니다. 나는 내가 그렇게 될 수 있을 거라고 믿습니다."

"다 잘될 겁니다. 걱정하지 마세요, 당신은 특별하니까요. :)"

Cambodia

❈

박정미

방문을 닫기 시작한 딸과
함께한 봉사여행 이야기

안녕~ 사춘기!

부모가 된다는 것은 꿈틀거리는 작은 생명을 키우고 성장시키기 위해 시간과 물질과 무엇보다 사랑과 관심을 담아야 한다. 잘 먹고 잘 자는지, 키와 몸무게는 얼마나 자랐는지, 간밤에 어디 아프지 않았는지, 불편한 것은 없는지 살피고 살핀다. 이렇듯 부모는 자신의 시간을 쓰고, 마음을 쓰고, 오롯이 양육하는데 모든 에너지를 쓴다. 내가 하고 싶은 것, 누리고 싶은 것들은 잠시 미뤄두고 생명을 지키고 성장시키는 데 온 힘을 다한다. 그동안 살아왔던 삶의 중심이 '나'에서 '아이'에게로 이동된다. 그러다 보니 어느덧 부모라는 이름으로 서 있다. 아이가 태어나고, 자라고, 유년기와 청소년기를 거쳐 어른으로 자란다.

그 과정 속 나의 딸아이는 청소년기 바로 사춘기에 있다. 누구나 성장기에 만나게 되는 사춘기니, "안녕~. 사춘기!" 하고 가벼이 인사하고 지나갔으면 하지만, 요 녀석은 이벤트가 필요한가 보다.

나에게는 딸아이와 연년생 아들 둘이 있다. 예민한 감정선을 가진 딸, 개그맨이 꿈이라 좌충우돌 시도해 보는 아들, 조용한 듯 자기주장 강한 막내아들. 늦은 나이에 세 아이의 엄마가 된 나는 종종 에너지가 고갈될

때가 있다. 집안일과 아이들 돌보는 일에 지쳐 에너지에 경고음이 울릴 때면 예민한 엄마가 등장한다. 그럴 때면 집안 분위기는 차갑다.

아이들 사이에 때로는 중재자, 재판관, 마귀할멈과 같은 엄마가 등장하고, 때로는 지지자, 선생님, 상담가 같은 따뜻한 엄마가 등장한다. 이 많은 역할을 해야 하는 엄마는 너무 피곤하다.

잘 먹이고, 잘 놀아주고, 잘 돌봐주면 될 것이라는 생각은 너무 단순했을까?

어느 순간 찾아온 딸아이와의 갈등은 서로에게 가시가 되어 상처를 입혔다. 방구석을 좋아하는 아이, 함께 밖을 싸돌아다니길 좋아하는 엄마. 유튜브를 좋아하는 아이, 책 읽기를 바라는 엄마. 자신이 좋아하는 것을 찾는 아이, 미래를 위해 미리 할 일을 정해놓는 엄마.

서로 다름에서 오는 차이는 갈등이 생기고 이것이 쌓이다 보니, 아이와 몇 마디 하다 보면 어느새 감정은 격해지고 소리만 커진다. 아이와 소통한다는 것이 제일 어려운 일이 되어 버렸다. 상담심리를 전공하고 특수아동 상담을 하는 엄마이지만, 내 아이와의 소통은 여느 엄마와 다를 바 없다는 생각에 스스로가 한심하다.

딸아이는 밖에 나가는 걸 싫어한다. 한 발짝 움직이는 데 큰 에너지가 필요하다. 가족들이 외식할 때도 빨리 집에 가고 싶어 한다. 때로 자신의 식사는 포장해 와달라고 요청한다. 사람이 많은 곳에 갈 때면 쉽게 피곤해하고, 쇼핑을 하더라도 한 시간을 넘기기가 쉽지 않다. 방문을 닫고 들어가는 아이의 뒷모습을 볼 때면 속상할 때가 많다. 아이의 정서에 문제가 생긴 건 아닌지, 우울감이 많은 건 아닌지 걱정이 된다. 당연한 발달과정의 특성 중 하나이겠지만 내 아이의 이런 모습은 낯설다. 코로나19, 3년 동안 집 밖을 자유로이 나가지 못하고 학교도 학원도 심지어 교회 예배마저 온라인으로 하다 보니 아이는 집 안이 편안하고 익숙하다. 자기 방이 자신의 온 세계가 되어 버렸다. 이렇게 지내다 간 아이의 건강에 문제가 생길 것 같아 걱정이다. 어떤 묘수가 없을까? 어떤 걸 제안해도 아이는 시큰둥하고 별 반응이 없다. 자신의 방에서 혼자 활동하는 것을 좋아한다. 방문을 걸어 잠그고 동굴 속에서 혼자 즐기는 것 같아 안타깝다. 아이를 방 밖 세계와 연결해주고 소통하는 방법은 무엇이 있을까? 아이 아빠와 고민했다.

최근 딸아이가 일본 애니메이션을 보며 일본어에 대한 관심이 높아졌다. 스스로 일본어를 조금씩 배우기도 했다. "아이가 좋아하는 애니메이션 속 일본여행은 어떨까?"라는 남편의 제안에 불쑥 일본여행을 계획했다. 아이는 흔쾌히 가겠다고 했다. 가족 외식이나 나들이조차도 혼자 집에 있겠다는 아이가 의외였다. 작년 11월 수능이 있던 날, 우리의 여행은 시작되었다.

일본 도쿄를 방문했다. 한국에서 이용하지 못한 대중교통을 일본에서 다한 것 같다. 아이와 가보고 싶은 곳을 정하고 구글 지도를 찾아 지하철로 이동하며 자유롭게 곳곳을 돌아다녔다. 아이는 많이 걷는 여행에 힘들어하기도 했지만 포기하지 않았다. 그날 저녁 다녀온 하루를 사진을 보며 정리했다. 아이도 나도 언제 소통이 되지 않았나 하는 생각이 들 정도로 이야깃거리가 많아졌다.

일본의 시부야 스카이에서는 재미있는 에피소드를 남겼다. 로커용 100 엔이 없어 당황해하는 한국인에게 100엔을 건네주었다. 그런데 그가 방송인 황광희였다. 광희 씨는 고맙다고 함께 셀카를 찍어주고 사인도 해주었다. 이번 여행에 재미있는 이야깃거리였다. 한국에서도 보기 어려운 연예인을 만났다며 딸아이도 좋아했다. 가고 싶은 곳, 먹고 싶은 음식을 함께 정하고 여행을 하면서 재잘거리는 아이의 모습이 기특하기도, 흐뭇하기도 했다.

그 연장선상에서 남편은 자신이 매년 다녀오던 캄보디아 봉사를 가보라고 제안했다. 딸아이는 봉사라는 것에 다소 부담을 느끼는 듯했으나 해보겠다고 했다. 아이와 둘이 하는 여행과는 달리, 많은 사람과 함께해야 하는 봉사라 내심 걱정이 되었다. 사람들과 잘 어울리지 못하고 불편해하면 어쩌나, 힘들다고 아무것도 안 하려고 하면 어쩌나, 걱정하는 마음에 쉽게 결정하지 못했다. 남편은 자신이 딸아이와 봉사하러 가겠다며 이미 신청서를 냈다. 그런데 변수가 생겼다. 남편의 건강검진 결과, 수술해야 해서 봉사에 참여하기 어렵게 되었다. 그러자 봉사자 명단에 자신의 이름과 내 이름을 바꿔 놓았다. 이렇게 캄보디아 봉사와 여행이 시작되었다.

만남 1

이제 시작이다. 목적지까지 가는 첫걸음에 만나는 사람들이 있다. 많은 짐과 공항 카트 옆에 분주히 움직이는 사람들은 멀리서 봐도 딱 우리 팀일 것 같다. 어색함에 딸아이는 나의 등 뒤로 가서 섰다. 사람들은 짐을 분산하여 이리저리 옮겨 담고 저울에 올렸다 내리기를 반복했다. 뭔가 문제가 생겼는지 불안한 모습이다.

경기청소년희망센터에서 준비한 짐들을 항공사 무게 기준 초과로 가져갈 수 없어 카트 하나에 가득 실어 돌려보내야 했다. 캄보디아 아이들에게 줄 학용품과 간식, 선크림, 화장품, 라면, 인형 등이었다. 딸아이와 나는 기내용 캐리어에 짐을 간편히 쌌기에 화물로 준비한 짐들을 더 싣기로 했다. 나서지 말고 조용히 따라다녀야지 마음먹었지만, 짐 싸는 모습을 보고는 가만히 있을 수 없어 도왔다. 준비한 물건들을 조금이라도 더 가져가기 위해 다시 짐을 포장했다. 짐 1개당 15kg을 맞췄다. 다년간 필리핀에 살면서 다져온 짐 싸기의 면모를 보여줄 수 있었다. 가위와 테이프만 있으면 짐의 높이 크기 용량을 맞춰 만들 수 있다. 짐 1개당 15kg을 맞춰 살짝 1~2kg을 오버해서 쌌다. 이 정도는 항공사에서 애교로 봐준다는 것을 기대하고 있어서다. 큰 박스 하나에 부피가 큰 가벼운 물건들이 8kg, 박스를 열고 학용품들을 구석구석 끼워 넣고 무게를 맞춰 테이핑했다. 박스와 박스를 연결해 하나의 박스로 만들어 원래 박스의 딱 2배 크기가 되었다. 이 정도 되니 짐 싸기의 달인처럼 느껴졌다. 카트에 한가득 남아있던 짐은 싹 비워졌다. 라면 한 박스 빼고는 다 가져갈 수 있었다. 다소 시간이 걸렸지만 거의 모든 짐을 가져갈 수 있어 뿌듯했다.

있는 듯 없는 듯 봉사만 하고 귀국하겠다는 생각은 어디로 사라지고 벌써 적극적인 열정이 뿜어져 나왔다.

만남 2

20년 만에 캄보디아를 만났다.

20년 전 캄보디아 프놈펜에서 우물을 파주고 계시던 선교사님을 통해 국제NGO단체에서 소녀들의 교육 실태를 조사하기 위해 방문했다. 이 조사는 캄보디아 소녀들을 위한 교육 기초자료를 만들기 위한 프로젝트였

다. 대구대학교 사회복지학과와 재활심리학과 학생들을 데리고 프놈펜 외곽의 한 지역에서 통역사와 함께 가가호호 다니며 설문조사한 바 있다. 100여 가구를 돌며 조사한 것 같다. 그 마을에서 놀라운 사실은 15% 비율의 가구에서 에이즈 환자가 있었고, 심지어 갓 태어난 어린아이도 에이즈 보균자였다. 이들은 이 질병에 대한 무지로 어떻게 전염되고 확산되는지 전혀 대비가 없었다. 에이즈를 우리나라의 암처럼 큰 병으로만 인식했다. 에이즈의 원인과 전이되는 과정에 대해 알지 못해 가족 간 전염이 확산되고 있었다.

소녀들은 열 살쯤 되면 학교를 보내지 않고 집안일을 돕게 했다. 식사준비와 동생을 돌보거나 자신의 형제, 자매들의 아이 즉 조카들을 돌보는 일을 했다. 집 안에 일할 수 있는 성인이 있어도 10대의 여자아이들이 맡아 하는 경우가 대부분이었다. 그들에게는 소녀 아이 한 명이 그 가정의 노동력이며 경제활동을 할 수 있는 소득원이었다. 안타깝지만 이들의 문화였다.

그러나 그곳은 참 아름다운 곳이다. 하늘은 닿을 듯 가까이 있고, 호수 같은 눈망울을 가진 순수하고 착한 아이들이 있다.

한국으로 돌아오는 비행기 안에서 캄보디아의 여성들을 만났다. 나의 옆 좌석에 앉은 캄보디아의 소녀들은 긴장된 얼굴로 기내 주변을 두리번거렸다. 나에게로 시선이 머무는 것 같은 느낌이 들었다. 고개를 돌리면 여러 번 눈이 마주쳤다. 왠지 슬퍼 보이기도 하고 불안해 보이기도 하고 긴장되어 보이는 눈빛을 20년이 지난 지금도 생생하게 기억한다. 이들은 가족을 위해 한국으로 시집가는 캄보디아 처녀들이었다.

당시 나에게 캄보디아는 '아픔'이었다. 오랜 전쟁과 끝나지 않은 가난, 해외로 팔려가듯 시집가는 앳된 소녀들을 보며 '아픔과 슬픔의 땅'이라 생각했다. 메콩강 주변은 생계를 이어가며 배 위에 사는 사람이 있었다. 한쪽 거리에는 아이들이 옷을 입지 않고 다니는가 하면, 한쪽에서는 화려한 결혼식이 성대하게 열렸다. 캄보디아는 내게 안쓰럽고 마음 쓰이는 곳이었다.

20년 만에 다시 만난 캄보디아는 다른 느낌이다. 이제 이곳에도 '희망'이라는 단어가 떠오른다. 순수하고 맑은 사람들을 다시 만났다. 그들은 밝은 미소로 웃음을 보내주었고 양손을 공손히 모으고 '옥~쿤'이라고 인사해준다. 여전히 선한 사람들이 살고 있다.

만남 3

시엠립공항에 도착했을 때 여러 대의 카메라가 눈에 들어왔다. 왜 카메라들이 우리를 찍고 있지 의아해하며 입국 절차를 통과했다. 그 이유를 짐 찾을 때 알았다. 우리 일행들은 비자를 받기 위해 대기 줄을 길게 섰다. 아이와 나는 한국에서 미리 받아온 e비자 덕분에 빠르게 입국 절차가 끝났다. 짐을 찾기 위해 공항 카트를 가지러 갔다. 카메라들은 이리저리 뛰고 나와 딸을 찍고 있는 것 같았다. 무슨 일인가 놀라 두리번거렸다. 바로 내 뒤에서 유명한 영화배우가 공항 카트를 가져가려고 줄을 서고 있었다. 우리나라 tvN에서 방영하게 될 〈아주 사적인 동남아〉 촬영팀에서 촬영하고 있었다. 깜짝 놀랐다. 한국에서도 보기 힘든 연예인을 이곳 캄보디아 시엠립에서 보다니…. 최근에 종영된 〈재벌집 막내아들〉 사위와 큰 손자 역할을 한 분들도 함께 촬영하고 있었다. 딸아이는 너무 즐거워했다. 혹시 송중기 씨도 왔을까? 찾아봤지만 아쉽게 없었다.

우리는 일행을 기다리며 즐겁게 촬영하는 모습을 구경했다. 사진을 찍어 두지 못한 것이 못내 아쉽다.

일출부터 일몰까지~

어두워진 시엠립 거리를 보며 호텔로 향했다. 거리에 한국기업의 간판과 익숙한 이름이 눈에 들어왔다. 이는 우리나라의 발전과 위상이 높아져 있음이다. 필리핀에서 살아서 그럴까? 이곳 거리가 그리 낯설게 느껴지지 않는다. 딸아이도 이곳이 필리핀 같은 느낌이 있다며 낯설게 느껴지지 않는다고 했다. 한국 회사의 간판과 홍보물을 보며 신기해 했다.

늦은 시간이라 관광객들이 많이 찾는 야시장을 둘러보고 호텔로 왔다. 이곳도 중국 경제의 영향권에 있나 보다. 눈에 띄는 건물 몇몇은 중국 전통건물 장식들이 걸려 있었다. 우리가 지내게 될 호텔도 곳곳에 중국 장신구들이 매달려 있었다.

이렇게 캄보디아에서의 1일이 시작되었다.

이곳에 오면 반드시 가봐야 할 곳, 앙.코.르.와.트! 세계 7대 불가사의 중 하나라고 불리는 이곳 앙코르와트를 실제 볼 수 있다는 기대감에 조금은 설레었다. 우리 일행들은 이곳은 새벽 일출이 아름답다고 하여 새벽 4시에 출발하자고 했다. 아~. 그렇게까지 가야 할까? 피로를 풀지도 못하고 새벽부터 이곳을 꼭 가야 하나… 약간의 불만은 있었지만, 이분들의 열정에 묻어가지 않으면 언제 볼 수 있을까 하는 생각에 그냥 하자는 대로 따랐다.

가이드는 우리에게 앙코르와트에 대해 간단하게 설명해주었다. 우리나라와 일본만 '앙코르와트'라고 표기하고 읽는다고 했고 현지인들의 발음은 '엉꺼오 왓'이라고 했다. '앙코르와트'가 일본식 표기이고, 아직도 사용하고 있다니 씁쓸했다.

새벽 어둑한 시간에 앞을 볼 수 없을 정도로 깜깜해서 휴대전화 플래시를 켜고 움직였다. 이미 앞서 많은 사람이 와 있었다. 가이드가 인도하는 데로 가서 정해준 곳에 자리를 잡았다. 이미 주변에는 다국적 외국인들이 많이들 자리하고 있었다. 우리 일행들도 강 주변에 앙코르와트가 잘 보이는 곳에 앉았다. 언제 동이 틀지 마냥 기다려야 했다. 일찍 오지 않으면 좋은 곳을 자리할 수 없다고 한다. 한참을 기다려야 한다는 생각에 웬 고생인가 싶었다.

우리 일행의 뒤로 많은 사람이 몰려와 겹겹이 줄을 지어 일출을 기다렸다. 아직 해가 뜨려면 한참을 기다려야 할 것 같다. 무심코 휴대전화의 카메라를 켜 보이지 않는 앙코르와트를 향해 셔터를 눌렀다. 전혀 보이지 않던 건물의 실루엣이 어렴풋이 카메라에 나타났다. 깜짝 놀랐다. 시간대로 카메라 셔터를 눌렀다. 붉은색의 실루엣이 아름답고 신비로웠다. 이래서 이 많은 관광객이 새벽부터 줄지어 오는구나!

　해가 밝아지자 앙코르와트의 전경과 주변 풍경을 자세히 볼 수 있었다. 훑어만 봐도 엄청난 규모의 건축물과 자연경관이 매력적이었다. 천년 고대의 오랜 세월의 흔적이 건축물 곳곳에 묻어 있었다. 건축물의 부식과 파손된 부분을 보며 캄보디아의 역사도 수난의 시대가 엿보였다.

　앙코르와트도 우리나라와 같이 외세로부터 많은 유물을 약탈당하고, 주변국의 도굴꾼들에게 도굴당하며, 크메르루주 집권 때는 총격으로 훼손되는 등 상처투성이였다. 그런데도 그 많은 사건을 고스란히 견뎌내고 비록 상처는 있으나, 그 위엄과 장엄함으로 이어지는 역사를 지금도 진행하고 있다.

　이곳을 구석구석 돌아다니며 딸아이와 사진도 찍고 이곳에서 만난 사람들과 사귐도 갖고 싶었다. 그러나 사진 찍기 싫어하는 딸아이에게 이것저것 요구하다 그만 감정이 상하고 말았다. 이후로 사진도 관광의 즐거움도 사라지고 묵묵히 일행들의 뒤를 따르는 구경꾼이 되었다. 딸아이는 집에 가고 싶다고 작은 목소리로 내 귀에 속삭였다. 아이의 변화무상한 감정을 들여다봐야 하는 엄마는 이 시기가 빨리 지나가기를 기다릴 뿐이다.

앙코르와트의 웅장함을 보고 타프롬(Ta Phrom) 사원으로 갔다. 영화 〈툼레이더〉의 촬영지로 유명한 곳이다.

이곳은 특이하게 건물 곳곳에 나무뿌리들이 자라 유적을 잠식하고 있다. 그러나 유적이 침식되고 무너져 내려도 복원하지 않는다. 자연과 어우러져 결국 자연으로 돌아가는 것을 보여주기 위함이다. 바로 자연과 공존하는 인간의 문화재라는 차원에서 그대로를 보존하고 있다. 오래된 사원과 많은 나무뿌리가 뒤엉켜 기이한 풍경을 낸다.

다음 장소는 앙코르톰(Angkor Tom)이다. 앙코르톰은 12세기 앙코르 왕국의 마지막 수도로 거대한 성곽 도시였다. 왕궁, 사원, 광장, 거주지가 있고 종교적 건축물의 작품을 볼 수 있는 곳이다. 먼저 코끼리 테라스가 있는 곳을 거쳐 이동했다. 이곳은 전쟁을 나가는 군인의 출정식이나 국가

공식행사를 할 때 모인 장소라고 한다. 지나다 코끼리 조각상에 무지개가 비치는 것을 봤다. 우리를 반기는 걸까? 기분 좋은 걸음이다. 아직 딸아이는 마음이 풀리지 않았는지 말이 없다. 넓은 잔디광장을 지나며 잔디를 밟으면 잎이 움츠러드는 풀을 봤다. 딸아이에게 보여주자 풀을 밟으며 뛰어다녔다. 마음이 풀렸는지 다시 손을 잡는다. 안도의 한숨을 쉬며 걸었다.

코끼리 테라스를 지나 바욘 사원으로 가는 길에 어디선가 나타난 원숭이와 동행했다. 가이드는 우리에게 원숭이 소매치기를 조심하란다. 한눈을 팔다 보면 원숭이들이 가방을 가로채 간다고. 가까이 가고 싶었으나 언제 공격받을까 걱정되어 사진으로 남겼다.

톤레삽 호수에서 일몰로 마무리하다

오늘의 마지막 장소 톤레삽 호수로 이동했다. 가는 길에 수원시와 결연한 마을이 있었다. 프놈끄라움 수원마을은 수원시의 여러 가지 지원으로 시엠립에서 깨끗한 마을로 변모하고 있다고 한다. 수원시민의 한 사람으로 반갑고 뿌듯했다.

바다가 아닐까 했는데 호수란다. 물이 흙탕물이어서 '호수이긴 하구나'라고 생각했다. 아주 커서 호수라기보다는 바다에 가까워보였다. 톤레삽은 동남아에서 가장 큰 호수로 캄보디아 면적의 15% 정도를 차지한다고 하니 그 크기를 짐작할 수 있을 것 같다.

톤레삽은 우기가 되면 물이 불어 지금은 육지로 보이는 곳까지 올라와 호수 주변 수상가옥들이 2~3㎞까지 내륙으로 들어간다고 한다. 집의 위치가 바뀐다니 참 재미있는 일이다.

이곳에는 베트남에서 종교적 이유로 쫓겨난 사람들이 터를 잡고 캄보디아 사람들과 섞여 살고 있다. 베트남인도 캄보디아인도 아닌 그렇게 자기들끼리 마을을 이루고 삶을 이어간다. 이들은 국가가 없다. 국가로부터 아무런 보호도 받지 못하고 자손을 낳고 그들만의 삶을 산다.

우린 배 위에서 일몰을 바라봤다. 탁 트인 호수 너머 붉게 물드는 하늘과 물빛 자연은 너무 아름답다. 일출에서 일몰까지 캄보디아 시엠립에서 하루를 마감한다.

피곤한 몸으로 침대에 누워 딸아이와 사진을 보며 이야기를 나눈다. 아이는 앙코르와트의 건물은 별 감명이 없었지만, 배를 타고 호수 한가운데로 가서 본 일몰이 좋았단다. 물 위에 집을 짓고 사는 사람들이 있다니 신기했다며 자신의 소감을 말해주었다. 집에 가고 싶다던 이 아이가 앞으로 남은 일정을 잘 소화하기를 기도한다.

나눔이 있는 만남

시엠립을 나서 북서쪽으로 떨어진 시소폰으로 이동했다. 경기청소년희망센터 캄보디아 그룹홈 센터가 있는 곳이다. 작은 도시 마을이었다. 이곳은 3년 전 남편이 봉사 온 곳이다. 센터 마당으로 들어서자 작은 나무에 네임택이 붙어 있는 것이 눈에 들어왔다. 코로나19가 있기 3년 전 봉사자들이 심어 놓은 망고나무란다. 그곳에서 남편의 이름으로 심겨 있는 망고나무를 만났다. 아직 어린나무지만 건강해 보였다. 이곳의 기후와 토양 때문에 식물들이 빨리 자라지 않는단다. 비가 많이 오지 않아서 더욱 물이 부족해 식물들이 잘 자라지는 않는다니 안타까웠다. 우리도 마지막 날에 망고나무를 심게 될 텐데, 걱정이 되었다.

프놈박초등학교에서 봉사 시작

재잘거리는 아이들의 소리는 어느 나라든 희망이다. 아이들의 웃음, 미소, 노는 모습은 사랑스러움이 가득하다. 캄보디아의 아이들을 만날 생각에 설레 인다. 말이 통하지 않아 어떻게 소통할까 걱정도 되었다. 딸아이는 자신이 할 봉사에 대해 다시 한번 생각하고 페이스페인팅을 잘할 수 있을지 불안해하면서도 만남에 대한 기대감과 긴장감으로 설레했다.

프놈박초등학교는 시소폰의 공립학교로 규모가 꽤 커 보였다. 넓은 운동장을 지나 건물이 여러 개 있었다. 우리는 이곳에서 3개 조로 나누어 봉사를 효율적으로 진행했다. 먼저 보건교사들이 아이들의 위생교육, 구강교육, 성교육, 위생용품(치약, 칫솔)을 나눠주는 일을 맡았고, 다음으로 대학생들과 청소년들이 아이들에게 미술활동과 페이스페인팅을 맡았다. 마지막으로 경기청소년센터 소속 봉사자들이 낡은 학교 건물의 외벽을 페인트칠해주는 활동으로 진행했다.

딸아이는 대학생들과 함께하는 미술활동과 페이스페인팅의 조에 들어갔고, 나는 준비한 위생용품을 나눠주고, 외벽의 페이트를 칠하는 역할을 맡았다. 위생교육과 구강교육을 마치고 나온 학생들은 미술수업과 페이스페인팅이 있는 교실로 이동해서 활동했다. 작은 활동이지만 행복해하며 즐거워하는 모습이 너무 사랑스러웠다. 참여하지 못한 아이들은 창문으로 구경하며 자신의 손을 넣어 페이스페인팅을 해달라고 요청하기도 했다. 아이들은 서로의 모습을 바라보며 깔깔거리며 웃었다. 이러쿵저러쿵 이야기하며 장난치는 모습은 우리네 아이들과 똑 닮았다.

이곳의 학교는 오전 7시에 시작해 11시면 수업이 끝나고 학생들은 집으로 돌아간다. 한낮에는 더워서 대체로 집에서 쉰다. 아이들은 집으로 돌아갔다가 그나마 부모님이 경제적으로 여유로운 아이들은 방과 후 수업을 위해 다시 학교에 와 선생님께 과외 공부를 하고 간다.

우리 아이들의 일상을 돌아본다. 학교에 갔다가 방과 후를 하고, 요일별로 학원 스케줄, 학습지, 학원숙제를 하고 나면 10시가 된다. 이곳의 아이들의 일상과 비교할 수 없을 정도로 많은 것을 한다. 우리 아이들의 여유 없음이 안쓰럽다. 그러나 한편으로 많이 가지고 누리고 있는 것도 사실이다. 좋은 환경에서 많이 누리고 있음을 알까? 풍요로운 것에 감사가 있을까? 행복이 멀리 있는 것 같지 않다.

학교 건물은 매우 낡아 있었다. 방충망이 있긴 했지만, 구멍이 생기고 떨어져 무용지물이었다. 보수해야 할 곳도 많아 보였다. 우리가 맡은 곳은 저학년 건물 뒤쪽에 있는 초등 3~4학년 건물의 외벽 페인트칠이었다. 남안산 로타리클럽 분들과 함께했다. 처음 해보는 페인트칠이었다. 낮은 곳은 여자 봉사자들이 높은 곳은 남자분들이 했다. 페인트칠은 한번 칠하면 끝나는 것이 아니었다. 마르면 덧칠하고 지저분한 곳은 벗겨내고 다시 칠하고 정말 할 일이 많았다. 11시가 지나니 아이들도 선생님들도 모두 학교를 떠났다. 간간이 학교에서 놀고 있는 아이들이 우리를 지켜보며 놀이를 하고 있었다.

오후 2시가 넘어서자 햇살은 더욱 뜨겁고 정말 무더웠다. 더운 나라 사람들이 왜 한낮에는 일하지 않는지 알 것 같았다. 우리는 짧은 일정에 많은 일을 해야 했기에 한낮에도 봉사해야 했다. 아마 2023년 올 한해 흘려야 할 땀을 단 이틀 만에 다 흘린 듯하다.

이야기가 있는 벽화를 그리다

다음 세대들이 있는 곳은 꿈과 희망 그리고 미래가 있다. 와자지껄 아이들의 소리는 생동감이 느껴진다. 내일을 품고 순수함과 진지함으로 오늘을 살아가는 아이들의 꿈이 자라고 있는 곳. 바로 경기청소년희망센터의 캄보디아 현지 그룹홈이다.

이곳에 남안산 로타리클럽과 여러 곳에서 후원해서 숲속도서관을 지었다. 우리에게 그 숲속도서관 벽화를 그리고 완성하는 미션이 주어졌다. 딸아이와 함께 온 청소년들과 대학생 봉사자들이 맡았다.

우리 아이들은 이야기가 있는 벽화를 그려 넣었다. 꽃이 날리고 풍차가 돌아가는 자유를 꿈꾸는 벽면, ㄷ, ㅅ, ㄱ 도서관을 의미하는 초성 벽면, 큰 책들 위에 세워진 숲속도서관의 모습은 꿈을 키운다는 벽면, 마지막으로 풍선이 날아가는 희망을 표현한 벽면, 이렇게 4면을 가득 채웠다. 모두가 의미 있고 따뜻한 그림이었다. 이곳 그룹 홈 친구들과도 함께했다.

익숙하지 않지만, 연필로 스케치하고, 붓을 잡고 페인트의 색을 만들어 가며 하나하나 완성해갔다. 뙤약볕에 땀을 뻘뻘 흘리면서도 끝까지 자신들의 역할을 다하는 아이들이 너무 자랑스러웠다. 딸아이 유은이도 작가가 된 듯 자신들이 완성한 벽화에 자부심을 느끼는 듯했다. 마지막으로 함께 벽화에 참여한 친구들과 봉사자들의 이름을 한글로 기록해두었다. 다시 찾아와 아이들이 이곳을 보면 얼마나 자랑스러울까? 나눔이 큰 기쁨임을 아이들이 느꼈으면 좋겠다.

이곳에 함께한 친구들과 추억을 남기기 위해 마지막 플라로이드로 사진을 찍고 그룹 홈 친구들의 서툰 한글로 자신의 이름을 적고 서로 나눠 가졌다.

망고나무에 열매가 맺히고

우리의 일정이 빡빡하게 짜여 나무를 심을 시간이 자꾸 뒤로 미뤄졌다. 오후 정오가 지나서야 심기 시작했다. 태양은 중천에 떠서 내려올 생각 없이 뜨겁게 내리쬐고 있었다. 마을 사람들은 무엇을 하나 구경하기 위해 마을 어귀에 나와 우리를 살폈다. 몇 개조로 흩어져 집주인이 미리 파둔 구덩이에 묘목을 심고 물을 듬뿍 주었다. 땅이 너무 메말라 있었다. 물이 많이 부족하다는 생각이 들었다. 어떤 집은 잡초더미에, 어떤 집은 비탈진 곳에, 어떤 집은 자갈밭에, 어떤 집은 쓰레기가 섞여 있는 곳에 나무를 심을 자리를 잡아 놓았다. 이곳에서 잘 자랄 수 있을까? 걱정되었지만 집주인이 원하는 곳에 심을 수밖에 없었다. 주인에게 잘 키워 달라고 당부하고, 나무가 스스로 뿌리를 잘 내리도록 기도했다.

딸아이와 우리가 심은 나무에 이름 표식을 기도하는 마음으로 달아 두고 나왔다. 태양은 너무 뜨거웠다. 마을 사람들은 나무 그늘에 모여 우리가 하는 일을 지켜보았다. 아마 저들은 내심 '이 더운 시간에 뭘 하나' 싶었을 것 같다. 더운 나라 사람들이 한낮에 일하지 않는 이유를 알 것 같았다. 아니 할 수가 없는 날씨였다. 우리나라 사람들은 이해하지 못할 수 있는 시간, 한 참 일할 시간에 이들은 낮잠을 자거나 휴식을 취한다. 우린 떠나야 할 이방인이기에 이 무덥고 뜨거운 뙤약볕에도 열심히 우리의 역할을 다 했다. 만약 이곳에 삶의 터전을 이루고 산다면 할 수 없는 일이다.

버스에 올라탔을 때 시원한 에어컨은 정말이지 얼음냉수 같은 시원함을 안겨주었다.

이들에게 한 번의 빵을 주기보다는 작지만, 이 가정의 경제적 밑거름이 되어줄 시작이기를 바라는 마음에 망고나무를 심는다. 망고나무에 열매가 맺히고 그 열매가 한 번 열리고 끝이 아니라 매해 열매를 맺고 이들의 생계를 이어가는 동력이 되기를 꿈꾸며 한 걸음을 뗀다.

꿈꾸는 시니어 선교사를 걸어가는 길목에서 만나다

100세를 살아간다는 시대, 나는 인생의 중반부에 있다. 이제 사회에서도 내리막을 걷고 가정에서도 아이들이 독립할 나이가 되어가는 중년이다. 늦은 결혼과 출산으로 인해 아직 어린아이를 키우고 있는 나는 아직 젊다. 할 일이 많고 여전히 무엇이든 도전하고 싶은 마음이 있다. 이곳에서 만난 시니어 선교사들을 보고 더욱 도전하고 싶었다. 한국에서 교사로, 대기업 CEO로, 군인으로 젊음과 열정을 다했던 분들이다. 이분들은 퇴임 후에 안정된 생활을 버리고 고단하지만 보람 있는 인생 후반을 멋지게 열어가고 있다. 성경 말씀이 생각났다.

"그 후에 내가 내 영을 만민에게 부어 주리니 너희 자녀들이 장래 일을 말할 것이며 너희 늙은이는 꿈을 꾸며 너희 젊은이는 이상을 볼 것이며(요엘서 2장 28절)"

성령이 임하시면 늙은이는 꿈을 꾸게 된다는 것이 이곳에서 이루어지고 있었다. 캄보디아 사람을 긍휼히 여기며 섬기고 있는 분들은 모두 70대다. 이분들은 은퇴 후 무엇을 할 수 있을까 기도하며 고민하셨고 예수님처럼 남을 위해 살고 싶다는 꿈을 꾸고 이 먼 곳까지 오셔서 열정을 쏟고 계셨다.

우리의 일정을 정하시고 모든 활동을 총괄해주신 신성일 선교사님은 한국 대기업의 계열사 전문 CEO로 지내시다가 은퇴 후 이곳에 와서 복음을 전하며 선교센터를 하고 계신다. 여전히 꿈이 있으시다. 이곳 그룹홈 친구들이 한국으로 가서 공부하고, 다시 이곳에 돌아와 캄보디아를 위해 일하고 이곳에서 다음 세대를 위해 일하기를 꿈꾸신다.

이곳 'Silverlight Social Welfare Council' 반짝반짝 빛나는 복지센터가 되어 캄보디아의 많은 젊은이가 환상을 보며 캄보디아를 향한 또 다른 꿈을 꾸기를 소망해본다.

프놈박초등학교 안내와 통역을 도와주신 선교사님은 한국에서 군인으로 퇴임하셨다. 퇴임 후를 위해 미리 준비하셨고, 그중 한국어교육원 자격을 취득하셨다. 이후 코이카를 통해 캄보디아에 한국어를 가르치기 위해 오셨다. 2년을 봉사하고 떠나야 하지만 이곳을 사랑하게 되어 돌아가지 않고 이곳 대학과 그룹홈 친구들에게 한국어를 가르치며 인생 후반을 보내고 있다. 이분에게도 꿈이 있다. 캄보디아의 젊은이들이 한국어를 잘 배워 한국에 공부하러 갔을 때 어려움 없이 배우고, 다시 캄보디아로 돌아와 자신이 받은 사랑을 흘려보내기를 꿈꾸신다.

조이풀센터에서는 김계숙 선생님을 만났다. 경기도에서 보건교사로 근무하다 퇴임하고 봉사하러 왔다가 캄보디아를 사랑하게 되셨다. 조이풀센터를 세우고 캄보디아 학생들과 공동체 생활을 하며 꿈꾸는 다음 세대를 길러내고 계신다.

70세가 넘은 나이에 이곳 사람들과 어울려 복음을 전하며 일용할 양식을 채워 주시는 하나님을 경험하고 계신다. 김계숙 선생님은 이곳에 사람들에게 할머니로 불린단다. 그 이름이 너무 좋다고 하신다. 하얀 머리를 단정하게 묶으신 모습은 영락없는 한국의 할머니시다. 이분에게도 꿈이 있다. 캄보디아의 젊은이들이 복음을 알고 복음으로 성장하고 자신의 꿈을 이뤄가기를 기대하신다.

딸아이도 할머니 손에서 컸다. 그래서 할머니를 좋아한다. 김계숙 선생님은 딸아이에게 꿈이 뭐냐고 물으셨다. 아이는 유치원 선생님이 되고 싶다고 말했다. 선생님은 반가워하시며 딸아이에게 조이풀센터 유치원에 관해 설명해주셨다. 캄보디아의 아이들은 유치원교육이 거의 없고, 음악이나 미술수업이 없다고 했다. 그래서 조이풀유치원을 만들어 운영하고 계신다. 갑자기 조이풀유치원 선생님들을 딸아이에게 소개해주셨다. 딸아이도 관심을 보이며 따라 다녔다. 아이들의 눈방울에 순수함과 맑음을 봤다. 길게 펼쳐진 길 따라 아이들의 꿈이 꿈틀거리며 자라나 새로운 길을 만들며 뛰어가길 기대해본다.

좋은나무국제학교

(Good Tree International School of Cambodia)

넓은 잔디가 가득한 운동장을 가로질러 깨끗하게 정돈된 학교 건물이 보인다. 이곳은 캄보디아에서 소문난 좋은나무국제학교다. 여기에 계신 이사장과 교장 선생님도 70대다. 한국에서 현직교사로 퇴임하고 온 자비량 선교사 부부다. 얼마 전 10주년이 되어 감사예배를 드렸다고 한다. 최대한 자급자족하며 학생들과 함께 학교를 관리하며 만들어가기에 학생들의 손길이 구석구석 묻어 있다. 재활용품으로 신발장을 만들고, 벽을 디자인하고, 자신들의 작품들을 여기저기 붙여 놓았다. 이곳은 기숙형 중고등학교다. 모든 수업은 한국어로 교육한다. 이곳을 졸업하는 학생들은 한국대학 진학을 목표로 한다. 한국에서의 공부가 끝나면 다시 캄보디아로 돌아와 캄보디아를 위해 헌신할 일꾼들을 기른다. 기숙학교라 생활훈련부터 학업관리까지 학교에서 전적으로 책임진다. 딸아이도 기숙학교를 다니고 있다. 자신과 비슷한 학교의 환경이라 호기심이 생겼는지 자세히 둘러본다. 학교 교사는 자비량으로 오신 한국 선생님들이다. 몇 년을 헌신하고 이곳에 오셔서 학생들을 가르치고 돌아가신다. 최소한의 비용으로 학생들과 학교를 관리하고 함께 지어져 가는 곳이다. 가본 곳 중 가장 깨끗하게 관리되고 정돈되어 있었다. 학생들도 한국말을 너무 잘했다. 웬만한 일상대화는 소통할 수 있었다. 이들이 이곳에서 잘 배우고 훈련받아 캄보디아의 꿈이었으면 좋겠다.

여행을 정리하며

'만남' 그 설레임은 기대하지 않은 다른 이야기가 있기 때문이다. 캄보디아 사람들과 만남과 무엇보다도 이곳에서 남은 삶을 평신도 선교사로 열정을 다하고 계신 분들과 만남이다. 노년을 편안하게 보낼 수 있었지만 꿈꾸는 삶을 선택하고 열정을 쏟고 있는 분들이다. 어쩌면 보호받아야 할 노년이지만, 남은 힘을 오롯이 캄보디아를 위해 살아내고 계신다. 이곳을 사랑하여 꿈을 품고 사랑이 필요한 곳에 흘려보내고 있다. 노년에 꿈을 꾸고 그 꿈을 하나씩 이루어가고 계신 모습에 도전이 된다.

이곳을 향한 이분들의 사랑과 열정 너무 귀하고 귀하다. 이제 나는 나이가 있으니 봉사는 젊은 사람들 해야지 하며 뒷전으로 빠져 있었던 모습이 부끄럽게 여겨진다. 시니어 선교사님들의 열정과 꿈을 마주하고 마음가짐이 달라진다. 나의 노년을 위해 다시 꿈을 꾼다. 이분들의 꿈에 작은 힘이라도 되어 드리기 위해 기도하며 도와야겠다.

잘 가 사춘기~!

딸아이와 함께한 여행을 통해 처음 가졌던 아이와의 소통을 해소할 수 있어 감사하다. 이번 캄보디아 봉사여행이 아이도 나도 성장하는 시간이었다. 사람과 사람이 만나 알아가고 함께 나눠 간다는 것은 새로운 꿈을 꾸는 기회이며 풍성한 이야기다. 나눔이 더 큰 기쁨이며 행복이라는 것을 아이가 배우고 깨닫는 시간이었기를 바라본다. 새로운 것에 도전하는 것은 우리를 성숙시키는 좋은 도구다. 여전히 방문 닫기를 원하고 집 안에 있는 걸 좋아하는 중학교 2학년! 때에 따라 감정의 굴곡도 있다.

그러나 친구들에게 캄보디아 봉사에 관해 이야기하며 다음에 함께 가자고 약속하는 아이를 보며 좋은 경험이었음이 분명하다.

사춘기! 왔다가 잘 가~!

Cambodia

4장

꿈의 땅 캄보디아를 밟은
MZ세대 이야기

조수민, 김유민, 김찬민, 홍나희,
홍나연, 김유은, 심서율

Cambodia

✳

조수민

카메라를 들고
캄보디아에 가다

2022년 말, 나는 꽤 얼렁뚱땅 캄보디아로의 여행 겸 봉사활동에 참여하게 되었다.

나에게는 안 좋은 버릇이 있다. 일을 시작하기도 전에 나의 능력을 재보며 쓸데없는 걱정을 하고 나는 이 일을 할 수 없다고 단정해버리는 안 좋은 버릇이…. 엄마가 캄보디아로의 봉사활동을 함께 가자고 제안했을 때도 그랬다. '봉사활동 경험도 없고, 체력도 별로인 내가 해외로 봉사를?' 하면서 말이다.

일단 나는 누군가를 가르치는 입장에 있어본 경험은 대학생 때 몇 달간 미술학원에 다니며 중학생들의 그림 그리는 것을 도와줬던 게 전부였다. 게다가 대학은 졸업해서 학생 신분은 아닌데 그렇다고 어른 노릇을 할 수 있을 정도로 철이 든 것도 아니라 이 여행에서의 내 존재감은 몹시 어정쩡해질 것으로 생각했다. 어디 가서 꿔다 놓은 보릿자루 신세가 되는 건 싫어서, 그런 이유로 괜히 다 큰딸이라는 혹 하나 달고 가는 게 아닌가 싶어 처음에는 거절했다. 보건교사인 엄마의 딸이라는 신분이면 된다는 말에 결국엔 같이 가기로 했고, 그렇게 처음 경기청소년희망센터 분들과 보건선생님들을 만나게 됐다.

이 여정에서 나의 할 일은 내 DSLR 카메라에 봉사활동 과정을 담는 것이 되었다. 그런데 일정이 구체화될수록 카메라를 떼어놓을 수 없는 학과를 전공했지만, 유독 촬영은 자신이 없었던 나로서는 걱정만 쌓여가고 있었다. 카메라나 안 망가트리고 잃어버리지만 않으면 다행이라고 생각하며, 그렇게 내 걱정과는 상관없이 시간은 흐르고 출국 당일은 다가왔다. 이제야 말할 수 있는 거지만, 나는 진짜 걱정됐다. 언제는 악몽도 꾸고 그랬다.

지금보다 더 어렸을 땐 사진에 관심이 많았다. 어른이 되면 꼭 카메라로 사진을 찍고 다녀야지, 그때는 그냥 좋아하는 것도 하고 싶은 것도 많았는데…. 그다지 시간도 많이 흐른 것도 아닌데, 고작 20대에 못 하는 것만 생각하는 게 슬프기도 했다. 좋아했다면서 내리 욕만 하는 것 같지만 나는 이번 여행을 통해 카메라를 들고 학점과 씨름하던 때 이후로 카메라에 먼지가 수북이 쌓일 시간 동안 잊고 있었던, 내가 왜 사진을 좋아하고 관심을 가졌는지를 떠올릴 수 있었다.

카메라를 들고, "찍을게요." 이 한마디면 내 앞에 있는 사람들이 모두 웃는다. 내리쬐는 캄보디아의 햇빛이 강렬해 찡그리고 있다가도, 일이 힘들어 지쳤을 때도, 다른 일을 하다가도 하던 것을 멈추고 렌즈로 시선을 고정하고 지을 수 있는 최고의 표정을 지어 보인다. 그 1분도 안 되는 순간이 언젠가 꺼내 봤을 때 그래도 즐겁고 보람찼던 기억으로 남기를 바라면서. 실제로 초등학교에서 교육봉사를 마치고 단체 사진을 찍을 때 느꼈던 기분은 여태 느껴보지 못했던 감정이었다.

내가 살면서 이렇게 많은 사람을 카메라에 담은 적이 있었던가? 웃긴 말이지만 살면서 그렇게 여기저기에서 나를 찾아주는 것도 난생처음 경험하는 것이었다. 핸드폰 카메라가 좋아지는 요즘 DSLR 같은 무거운 카메라에 대한 수요가 갈수록 떨어진다는데, 그때만큼은 사진이 필요한 사람들은 기가 막히게 나를 찾아냈다. 여전히 아날로그 사진이 사랑받고 있는 걸지도 모른다고 생각해도 될까?

캄보디아 하면 누구나 떠올리는 게 앙코르와트다. 사진 하면 빼놓을 수가 없는 피사체가 바로 풍경이지 않은가. 그래서 앙코르와트 사진을 잘 찍었냐 하면…. 완전히 망했다. 삼각대 없이 야간 사진 촬영이라니 정말 낭패였다. 슬프게도 핸드폰으로 찍은 사진이 더 잘 나왔다. 그렇게 동이 틀 때까지 카메라와 씨름하다가 결국엔 작은 뷰파인더를 통해서 바라보는 걸 포기하고 새벽 앙코르와트의 전경을 눈에 담았다. 좋아하는 영화, '월터의 상상은 현실이 된다'라는 대사다.

"아름다운 순간을 보면 카메라로 방해하고 싶지 않아. 그저 그 순간 속에 머물고 싶지."

반대로 시간이 지나도 그 순간 속에 머물고 싶은 욕구가 있어 사진이라는 게 있는 것이라고 생각한다.

나의 주된 할 일은 사진 촬영이었지만, 더위에 덩달아 잔뜩 열이 받은 카메라를 내려놓을 때도 있었다. 캄보디아에서의 여정 중 빼놓을 수 없는 이야기 중 하나인데, 바로 현지 센터의 숲속에 새로 지은 도서관 외벽에 벽화를 그린 일이다. 아무리 자신이 없대도 카메라와의 연은 깊었다. 대학 다니는 내내 들고 다녔으니까. 그런데 벽화를 그리는 건 정말 난생처음 해보는 일이었다. 그림이야 종이에 연필로, 아니면 컴퓨터로 그려본 적이 많지만, 벽을 도화지 삼으니 막막했다. 벽화 봉사 경험이 있는 동생에게 급히 연락해 자문을 구했으나 돌아오는 것은 결코 쉽지 않을 거라는 현실적이고 잔인한 대답이었다.

외벽 네 칸에 무엇을 그릴지 스케치를 할 때부터, 페인트칠할 때까지 나는 이렇게 생각했다. '이게 될까?' 벽화를 그리는 동안은 계속 그 생각을 했다. 안 될 거 같은데, 안 되면 어떡하지, 안 돼도 되게 해야 하는데. 같이 해줬던 동생들, 선생님들, 여러 사람 고생시키는 것 같아서 미안한 기분이 들 때가 많았다. 그리고 페인트칠이 끝난 뒤에 카메라 들고 사진 찍을 때 든 생각은 '이게 되네'였다. 내가 스스로 불신하느라 자주 잊어버리는 게 있는데, 혼자 해서 안 될 것 같은 일은 같이하면 어떻게든 된다. 그리고 대체로 내 주변에는 누군가 있어 준다. 그런 걸 새삼 깨닫게 되어서 뿌듯했다. 걱정투성이인 채로 출발한 여행에서 돌아올 땐 스스로 얻어 가는 게 많았다.

무엇보다 좋았던 점은 가까이 있는 사람에 대해 더 알게 되고, 새로운 곳에서 새로운 사람들을 만났다는 점이다. 봉사활동을 함께한 일행도, 그곳에서 만난 사람들도 전부 내가 일상에서는 만날 수 없는 사람들이었다. 같은 목표 앞에서 함께 노력하고 고생하거나, 또 언어는 하나도 안 통하는 사람들과 함께 무언가를 배우고 가르치고, 인사하고 기쁨을 나누는 그런 것들은 단순한 여행에서는 느끼지 못했을 것들이다. 부끄러운 말이지만, 이전까지는 내가 어디에서 도움이 될 수 있는 사람일 거로 생각하지 못했는데, 캄보디아로의 여정을 함께한 사람들은 용기와 동력이 되어주었다. 여전히 내가 무언가 대단한 걸 해낼 수 있다는 생각은 안 하지만, 언제 어디서든 주변 사람의 도움을 구할 수 있다는 깨달음을 얻은 것만으로

도 나에게는 의미가 있었다. 이 시간을 계기로 앞으로도 무엇을 하든, 완벽하지 않더라도 해낼 수 있다는 용기가 생겼고, 내가 채워지는 기분, 그리고 앞으로도 이런 경험을 다시 할 수 있으리라는 확신도 생겼다. 그리고 그건 지금까지 여전하다.

Cambodia

✳

김유민

아버지 덕분에

처음에 내가 캄보디아에 가겠다고 결심한 이유는 혼자 캄보디아에 가서 일하시는 아버지를 위해 큰아들로서 조금 힘을 보태기 위해서였다. 그래서 올해 군대에 입대하는 동생을 설득해서 가족끼리 추억도 쌓고, 아버지에게 힘도 보탤 겸 함께 가게 되었다. 캄보디아행 비행기를 타는 당일 새벽부터 아버지 회사에서 현지에 전달할 후원 물품들을 차에 싣고 공항으로 향했다. 수하물을 실을 때에 무게 제한이 있어 아버지에게 "이걸 다 가져가실 생각이세요? 많이 빼고 가야 할 것 같아요"라고 했지만, 아버지는 "거기선 다 이 물품들을 기다리고 있어. 전달해야 해"라고 말씀하셨고 결국 우리 짐 캐리어에도 싣고, 박스가 찢어질 정도로도 가득 채워서 비행기를 탔다. 짐을 싸느라 점심이었던 햄버거도 5분 만에 급하게 먹고 출발 시각이 임박하여 비행기에 탑승했다.

　장시간 비행기를 타고 도착한 곳은 시엠립공항이었다. 캄보디아 땅에 발을 딛는 순간 내가 생각했던 동남아 날씨가 아니었다. 습기가 가득하고 엄청 더운 줄 알았는데 생각보다 선선하고 맑은 오후였다. 선교사님을 만나 뵙고 숙소로 이동해 짐을 풀고 일정이 있어 먼저 도착했던 보건교사 팀과 합류했다. 처음 식사는 삼겹살을 먹었는데 캄보디아 현지에서 '대박식당'이라고 쓰여 있는 한글을 보니 반가웠다. 맛도 한국에서 먹던 삼겹살

맛이어서 만족스러운 식사를 하고 야시장으로 이동해서 구경하고 첫날은
일찍 잠이 들었다.

다음 날도 새벽에 기상했다. 세계 7대 불가사의인 앙코르와트에 방문
하기 위해서였다. 사실 봉사도 봉사지만 너무나도 많이 들어본 앙코르와
트라는 곳을 방문한다는 점도 내가 캄보디아에 온 이유 중 하나였다. 앙
코르와트에 도착했을 때만 해도 아직 너무나도 깜깜해서 '여기에 뭐가 있
는 건가?'라는 생각이 들었지만, 이 시각에 가야지만 멋있는 일출을 볼 수
있다는 현지 가이드의 말을 듣고 열심히 포토 스팟까지 걷고 또 걸었다.
마침내 일출 시간이 되고 보라색과 붉은색이 합쳐진 하늘에, 건물이 연못
에 반사되며 눈 앞에 펼쳐진 일출 광경은 아직도 너무 생생하다. 일찍 일
어나서 몽롱했던 나의 정신이 확 깨던 순간이었고 정신없이 사진을 찍기
시작했다. 내 휴대전화에 꼭 이곳의 광경을 담아두고 싶었다. 나중에 사진
을 다 찍고 휴대전화를 보니 시간의 흐름에 따라 하늘의 색도 바뀌는 것
이 또 다른 아름다움을 느끼게 했다. 앙코르와트에서 관광을 마치고 오후
에는 수상가옥으로 이동했다. 흙탕물에서 드럼통 위에 집을 짓고 살아가
는 사람들이 있었다. 수상가옥에서 사는 사람들 대부분은 전쟁으로 인한
난민이라고 한다. 배를 타고 지나가며 현지인 아이에게 손을 흔드니 해맑
게 웃으며 인사를 받아주었다. 너무나도 밝은 미소가 나를 더 기분 좋게
만들었다. 그 아이의 미소 너머에 있는 노을은 시간이 지나면서 주황색에
서 선홍빛으로 변했다. 선홍빛의 캄보디아 하늘은 다음날부터 있을 봉사

활동을 열심히 하라고 예쁜 하늘을 보여주는 듯했다.

　드디어 본격적인 봉사를 시작하는 날, 기상과 함께 시소폰이라는 곳으로 이동을 했다. 시소폰은 캄보디아와 태국의 국경에 근접한 도시다. 2시간 정도 이동해서 도착한 시소폰은 시엠립보다 도로도 울퉁불퉁하고 확실히 우리의 도움이 필요한 동네처럼 보였다. 시소폰에 가자마자 이동한 곳은 프놈박초등학교다. 버스에서 내리자마자 초등학생들이 우리를 신기한 눈빛으로 보는 듯했고, 나도 마찬가지로 그렇게 많은 아이를 보는 것이 신기했다. 보건교사 팀은 초등학생들에게 위생교육을 했고, 나와 동생을 포함한 남자들은 초등학교를 위해 벽면에 페인트칠을 담당하였다. 페인트칠하며 오가는 아이들에게 "Hello"라고 웃으며 인사했는데 인사를 해맑게 받아주는 아이들이 있는가 하면 우리가 낯설어서 그러는지 수줍게 웃으며 지나가는 아이들도 있었다. 그런 아이들 모두 다 너무 귀여웠고, 아이들의 순수함을 느낄 수 있어 페인트칠은 힘들었지만, 마음은 힐링이 되었다.

　특히, 나와 자주 마주친 한 여자아이가 생각나는데, 그 아이는 일부러 계속 왔다갔다 지나다니며 내가 페인트칠을 하고 있어도 나와 인사하려고 기다렸다가 눈이 마주치면 웃으며 인사해주었다. '그 아이와 사진이라도 같이 한 장 찍을걸' 하는 아쉬움이 아직도 남아있다. 한편 교육하시는 보건 선생님들을 보며 다음에 이곳에 올 기회가 있으면 나도 그 학생들을 교육하는 기회를 얻고 싶다는 생각이 들었다. 체육교육을 전공하는 대학생으로서 말은 통하지 않지만, 신체활동을 통해 아이들과 더욱 친해지며 내가 알고 있는 아이들이 재밌다고 느낄만한 활동들을 알려주고 같이 하고 싶었다. 이런 생각을 하다가 어느새 오전 일과가 끝이 났다.

식사는 바로 옆에 있는 해외 청소년희망센터로 이동해서 목사님과 우리 아버지가 후원하고 있는 그룹홈 아이들도 만났다. 그룹홈 아이들에게 한국에서부터 챙겨 갔던 여러 가지 후원 물품들을 전달했고, 받고 행복해하며 감사하다고 하는 아이들을 보니 아버지가 공항에서부터 왜 그렇게 물건들에다 진심이셨는지 그제야 이해가 갔다. 그룹홈 아이들은 센터에서 한국어 공부를 하고 3년 뒤 한국에 온다고 했다. 아버지가 책임감을 느끼고 그 아이들을 후원하는 것을 보고 꼭 그 아이들도 열심히 해서 한국에 왔을 때 만나면 좋겠다고 생각했다.

오후에는 숲속도서관이라는 곳을 꾸며달라는 센터장님의 말씀을 듣고 함께 봉사하러 온 학생들과 본격적인 의논을 하기로 했다. 우리에게는 이틀이라는 시간밖에 없었지만, 의견을 모아 바로 작업을 시작했다. 남자가 나와 동생밖에 없었기에 사다리를 타고 올라가서 해야 하는 작업은 모두 나와 동생이 했다. 군대에서 사다리를 탔던 것보다도 이틀 동안 센터에서 사다리를 타고 있던 시간이 더 많았던 것 같다. 이틀이라는 시간 동안 불가능해 보였던 밑그림과 페인트칠을 모두 끝냈고 완성본을 보니 정말 아름다웠다. 모든 것을 학생들끼리 의논하고 실행했다는 것이 정말 뿌듯했다. 숲속도서관에서 공부할 그룹홈 아이들을 생각하며 우리가 흘린 땀을 그 아이들이 알아주고 열심히 공부했으면 좋겠다는 생각을 했다. 이외에도 망고나무 심기, 캠프파이어, 다른 센터와 학교 방문 등 여러 가지 일정이 있었다. 7일이라는 시간을 이렇게 알차게 보낼 수 있도록 계획해주신 아버지가 너무 자랑스럽다. 사실 아들로서 옆에서 아버지를 보았을 때 식사시간에 식사도 잘하지 못하시고 계속 다음 일정을 걱정하시는 모습을 보며 걱정도 많이 됐다. 아버지 덕분에 이번 봉사활동을 통해 인생에서 쉽게 해볼 수 없는 여러 가지 일들을 경험하게 되었다. 힘들고 지친 순간들도 많이 있지만, 그 안에서도 분명 배운 점들도 많다. 다음에 또 기회가 된다면 캄보디아 해외 봉사를 오지 않을 이유가 없을 것 같다.

Cambodia

김찬민

봉사를 하는 이유가 뭐야?

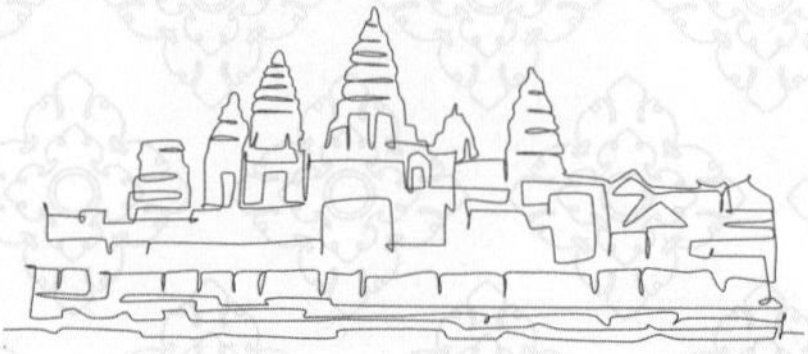

나에게 캄보디아는 한국을 제외하고 가장 익숙한 나라다. 고등학교 1 학년 겨울 방학 때 이미 해외 봉사로 한 번 갔다 온 경험이 있어서 좋은 기억을 가지고 있다. 하지만 좋게 기억하고 있어서 그런지 또 한 번 간다고 하니 "그 좋은 기억이 안 좋게 변하지 않을까?"라는 걱정이 들었다. 입대하기 전에 나에게 휴식 시간을 줄 수 있는 시간이 겨울 방학밖에 없다고 생각해서 이번 해외 봉사는 참여하지 않으려고 했다. 하지만 아버지가 아들들이 같이 가면 큰 도움이 될 것 같다고 말씀하셨고, 형은 이미 참여를 한다고 아버지께 말씀을 드린 상황이었다. 나는 정말 고민을 많이 했지만 결국 참여한다고 결정을 내렸다. 그렇게 결정을 내리고 겨울 방학 일정을 다 수정한 후 시간이 흘러 해외 봉사 첫날이 되었다.

　첫날 새벽에 일어나는 순간 지난번에 갔던 해외 봉사가 떠올랐다. 그때도 이렇게 춥고 쌀쌀한 날 일어나 차를 타고 아버지 회사에 가 짐을 챙기고 공항에 도착했다. 하지만 기분 탓인지 저번보다 더 짐이 많이 늘어났다는 생각이 들었다. 아니나 다를까 형도 그런 생각을 가지고 아버지께 여쭈어봤다. "아버지 짐을 이렇게 많이 가져가요?"라고 물어보았다. 아버지는 "맞아, 이 짐을 다 챙겨 가야 해"라고 말씀하셨다. 우리 둘은 그 말씀을 듣고 의문을 품었다. 의문을 가진 상태로 같이 가는 사람들과 다 같이 노력해서 짐을 챙기고 캄보디아에 도착했다. 많은 생각이 들었다. 항상 해외 봉사 첫날 공항에서 드는 생각은 "내가 일주일을 여기서 보낼 수 있을까?"이었다. 그리고 다음에 드는 생각은 "마지막 날에는 항상 아쉬움이 있었는데 이번에도 그랬으면 좋겠다"였다. 찰나에 많은 생각을 하고 버스를 탈 때 선교사님을 만나며 앞으로 일정이 어떻게 되는지 또 어떤 비전을 가지고 계시는지 말씀을 들었다. 학교, 도서관에 페인트칠을 하고 다양한 장소를 돌아다니며 그곳에 사람들이 어떻게 생활하는지 보고 도와주는 것이 이번 해외 봉사의 핵심이었다. 첫날은 그렇게 정신없이 지나갔다.

다음 날에는 캄보디아를 돌아다니며 캄보디아가 현재 어떤 상황을 겪고 있는지 알아보았다. 학교에 가서 벽이 어떤지 시설은 어떤지 알아봤고 배를 타고 수상가옥을 둘러보기도 했다. 또 그룹홈에 가서 도서관이 어떻게 지어졌는지 어떻게 벽칠을 해야 하는지 구상하기도 하였다. 한 번 크게 둘러보니 "내가 도울 수 있는 부분이 있을까?"라는 생각이 들며 겁이 났다. 옛날에는 어른들이 하시는 일을 옆에서 도와드리면 되었지만, 이제는 내가 직접 할 일을 찾아 주도적으로 해야 한다는 생각에 걱정이 되었다. 그렇게 걱정을 가지고 차근차근 주어진 시간에 최대한 노력하였다. 학교에 벽칠을 할 때는 어떻게 해야 페인트가 벗겨지지 않고 칠할 수 있을지 고민하며 비율을 고민했다. 한 번도 해본 적이 없는 페인트칠을 캄보디아에서 한 것이다. 설상가상 학교만 칠하는 것이 아니라 도서관 벽도 칠해야 했다. 처음 학교 벽을 칠할 때는 벽에만 집중했던 것 같다. 물론 당연히 벽을 칠해야 하니 벽에 집중해야 하는 것이 맞지만 여기서 말하는 것은 벽을 칠할 때 전체를 보지 못했다는 뜻이다. 벽을 칠하는 의미가 무엇인지, 다른 사람도 아닌 내가 벽을 칠하는 이유는 무엇인지 본질을 생각하지 못했다. 그 생각을 한 이후로 나는 전체를 보려고 했다. 내가 벽을 칠하는 이유는 아이들과 마을 때문이었다. 마을에 도움을 주고 사람들에게 도움을 주기 위해서 작은 것부터 실천해가는 것이었다. 먼 나라에서 아이들과 마을을 위해 땀을 흘리며 페인트칠을 하는 것을 보고 선한 영향력을 주는 것이었다. 내가 다른 사람들에게 선한 영향을 주고 이 영향력이 또 다른 사람들에게 퍼져 나간다고 생각하니 너무 가치 있고 귀한 일이 되었다. 그때부터는 단순히 봉사라고 생각하는 것이 아니라 기쁨과 즐거움을 느끼며 일을 했다. 웃음도 더 많이 지어졌던 것 같다. 특히 도서관 벽칠을 우리가 도안부터 색칠까지 하나부터 열까지 다 관여해서 더욱 재미있었다.

이번 해외 봉사는 다양한 것을 얻을 수 있었다. 다양한 것들이 있지만 그중에서 하나는 "할 수 있다는 것"이다. 나는 어떤 일을 하기 전에 걱정을 먼저 하는 성격이다. 먼저 불안해하고 긴장해서 평소에 잘했던 것도 잘하지 못하는 모습을 종종 보였다. 그런데 이번 해외 봉사를 갔다 오고 나서 처음 해보는 것을 두려워할 것이 아니라 자신감을 가지고 행하는 것이 중요하다는 것을 깨달았다. 페인트칠, 사다리 타기, 노래 부르기 등 한국에서는 상상할 수도 없는 것들을 캄보디아에서 경험했다. 물론 처음에는 당연히 겁을 먹고 긴장했지만 할 수 있다는 용기를 가지고 행동하니 정말 내가 할 수 있는 것들이었다. 이러한 작은 성취감, 뿌듯함이 모여 해외 봉사라는 멋진 일을 할 수 있었다.

또 '공동체의 따뜻함'을 느낄 수 있었다. 어떻게 보면 새롭게 경험한 모든 것들이 함께해서 가능한 것일 수도 있다. 아직 많은 인생을 살지 않았지만 해가 거듭될수록 느끼는 것은 우리 사회는 개인을 중시하는 모습이 더욱 많이 나타난다는 것이다. "개인의 목소리가 너무 커져 공동체의 따뜻함에 귀를 기울이는 모습이 조금씩 사라지는 것은 아닌가?"라는 생각이 종종 들 때가 있다. 이번 캄보디아 해외 봉사에서는 공동체의 따뜻함을 느낄 수 있어서 좋았다. 서로 실수하거나 어려운 부분이 있으면 탓하

고 욕하지 않고 격려해주거나 응원을 해주어 용기를 낼 수 있었다. 이를 통해 시간이 지날수록 봉사에 자신감이 생기고 웃음도 더욱 많아졌던 것 같다.

종종 이런 질문을 받는다. "봉사를 하는 이유가 뭐야?", "남을 도와줘서 네가 얻는 게 뭐가 있어?"라는 질문을 받는다. 나는 봉사가 남에게 주는 것으로 생각하지 않는다. 물품, 나의 재능, 재정적 후원 등 주는 것만 있는 것이 아니라 내가 얻어 가는 것도 너무나

많다. 앞에서 말한 것처럼 '할 수 있다는 것', '공동체의 따뜻함' 등 많은 것을 얻을 수 있었다. 아버지가 가방이 넘칠 만큼 물품을 챙기신 이유도 여기에 해당한다고 생각한다. 해외 봉사를 통해 얻어 가는 것이 많기 때문에 그만큼 주고 싶어 하시는 것으로 생각한다. 나 또한 캄보디아를 가니 더 줄 수 있는 것은 없는지, 내가 할 수 있는 것은 없는지 찾아본 것 같다. 나는 다른 사람들에게 자신 있게 말할 수 있다. 해외 봉사는 내가 얻어 가는 것이 많았으면 더 많았지 덜 얻어 간 적은 없다고. 이러한 생각을 다른 사람들도 할 기회와 때가 있었으면 좋겠다. 모두가 이러한 행복함과 기쁜 마음을 가지고 삶을 살아갈 수 있었으면 좋겠다.

Cambodia

✻

홍나희

다시 만난
캄보디아

나에겐 이번 캄보디아 봉사활동이 첫 방문은 아니었다. 물론 10년도 더 지난 일이지만 어렸을 적에 해외 봉사로 캄보디아를 다녀온 경험이 있다. 이번 캄보디아 봉사활동에 대해 들었을 땐 잠깐의 고민도 없이 무조건 가고 싶다고 했다. 큰 보람을 느낄 수 있고 나누고 봉사할 귀한 기회라는 것을 알고 있기 때문에 빠르게 결정할 수 있었다. 하지만 그 이후로 졸업을 앞두고 바빠지는 일정에 과연 내 선택이 옳은 것인지 고민하며 시간을 보내기도 했다. 하지만 캄보디아에 도착해서 여러 기관과 장소들을 방문하며 그들이 살고 있는 환경을 마주하고 그들의 생활을 보니 내가 가지고 있던 고민과 걱정은 정말 아무것도 아니었다는 것을 깨달았다. 그리고 깨달음과 동시에 동행하신 여러 선생님은 나보다 더 중요하고 많은 업무를 뒤로하고 오셨는데 내가 그런 생각으로 이곳에 왔다는 것이 부끄럽게 느껴지기도 하면서 새롭게 마음을 다잡고 활동에 임하게 된 것 같다.

　그렇게 우리는 WCNF 일정을 마치고 시아누크빌에서 시엠립으로 이동했고 봉사활동팀 모두가 모이며 봉사 일정이 시작되었다. 시엠립에서는 앙코르와트 관광이 있었다. 우리는 새벽 이른 시간부터 일출을 보기 위해서 앙코르와트로 향했다. 사실 일주일 동안 빡빡했던 일정과 너무 많은 짐을 가지고 이동하면서 이미 몸이 지치고 피곤하던 상태였다. 하지만 마음이 편안해지는 배경음악과 함께 너무나도 아름다운 앙코르와트 일출을 보니 다시 힘내서 잘할 수 있을 것만 같은 기분이 들었다.

우리는 이틀 동안 프놈박초등학교에서 봉사활동을 했다. 우리가 학교에 도착했을 때 아이들은 관심을 보이며 하나둘씩 모이고 있었고, 버스 창밖의 아이들은 환하게 우리를 환영해주었다. 그 모습이 너무 예뻤고 빨리 내려서 아이들을 보고 싶었다. 우리 팀은 보건교육, 학교 건물 페인팅 등 역할을 나누어 다양한 봉사를 진행했고, 나는 동생들과 페이스페인팅을 맡았다. 한국에서 가졌던 사전 모임에서는 감이 잡히지 않아서 계획대로 진행이 되지 않을까 봐 걱정도 많았다. 하지만 학교에 가기 전날 동생들과 둘러앉아서 각자 팔에 그려 보면서 연습을 할 때는 아이들을 만날 생각에 설레기도 하고 아이들이 좋아할 모습을 상상하며 기대하게 되었다. 설레는 마음을 안고 교실에 들어갔는데 아이들 앞에서 티 낼 순 없었지만, 생각보다 더 열악한 환경에 놀랐다. 그리고 우리를 향한 초롱초롱한 눈빛들을 보며 내가 이곳에서 아이들에게 즐거움과 행복을 느끼게 해주고 싶었다.

첫날에는 시간 계산도 잘하지 못하고 아이들과 의사소통이 잘되지 않아서 아쉬움이 컸다. 하지만 둘째 날에는 우리도 익숙해졌고 교실에서 함께 해주신 통역 선생님께 배운 자주 사용하는 말들을 쓰면서 아이들과 소통하는 것도 첫날보다 아주 자연스러워져서 어수선하던 분위기도 더 좋아졌다. 나는 그림 실력이 좋지 않아서 단순하고 간단한 그림밖에 준비하지 못했다. 하지만 그 그림 하나에 기뻐하고 즐거워하는 순수한 아이들의 모습이 오히려 나에게 감동으로 돌아왔고 예쁘게 웃어주는 모습이 정말 고마웠다. 교실에서 아이들은 우리가 준비한 색종이로 자유롭게 종이접기도 하고 스크래치북에 그림을 그리는 활동도 했다. 우리가 어릴 적에 당연하게 가지고 놀던 알록달록하고 화려한 색종이를 신기하게 보고 관심을 두는 아이들에게 종이도 많이 접어주고 싶고 그림도 더 그려주고 싶었다. 사진도 많이 찍어주고 싶은 마음에 정말 몸이 하나인 것이 아쉬울 정도였다. 게다가 봉사자들이 입고 있던 단체 티셔츠에 있는 캄보디아 국기와 우리 태극기를 보고 따라 그리는 친구들도 많았다. 평화롭고 사랑 가득해 보이는 모습이 담긴 아이들의 그림을 보니 마음이 따뜻해졌다. 자신이 그린 그림을 고맙다며 나에게 선물해준 마음이 너무 소중하고 고마웠다.

이 외에도 우리는 센터 안에 세운 숲속도서관 벽화도 그리고 다른 선교원도 방문하고 여러 가정을 방문하면서 망고나무도 심었다. 사실 우리 일정 중에서 쉬웠던 건 단 하나도 없었던 것 같다. 날씨도 덥고 시간도 빠듯해서 괜히 예민하게 행동하기도 했다. 하지만 순수함 가득한 아이들과 마을 사람들의 얼굴을 보면서 힘을 얻고 봉사할 수 있었던 것 같다. 센터에서의 마지막 밤에는 다 같이 캠프파이어를 하며 특별한 시간을 보냈다. 한국과 캄보디아의 문화적 교류도 이루어졌고 세대 간의 허물도 다 없앤 채로 온전히 즐기기만 하면서 보낸 그 순간을 잊을 수 없다. 처음엔 다가가기도 조심스럽고 낯설었던 그룹홈 친구들과도 어색함 없이 노래하고 춤추며 즐겁게 지낸 것이 기억에 남는다. 캄보디아에서 했던 모든 활동을 생각하면서 뿌듯함과 보람을 느끼기도 했지만, 한편으로는 이제 헤어지고 다시 일상으로 돌아갈 생각을 하니 아쉽게 느껴졌다.

이번 봉사를 통해서 나눔의 행복을 배울 수 있었고 순수한 아이들 덕분에 좋은 에너지를 많이 얻을 수 있어서 감사했다. 그리고 이렇게 뜻깊은 일을 정말 좋은 분들과 함께할 수 있어서 더욱 값진 경험을 할 수 있던 것 같다. 나누고 베풀기 위해 간 봉사활동을 통해서 오히려 내가 더 많은 것을 얻고 온 것 같아서 지금도 캄보디아에서의 기억들을 떠올리면 다시 힘차게 시작할 수 있는 마음을 갖게 된다. 이렇게 특별하고 소중한 경험을 잊지 않고 나중에 또 기회가 된다면 그때는 음악으로도 사랑을 전할 수 있길 기대해본다!

Cambodia

홍나연

또 만나자,
캄보디아

드디어 캄보디아로 출발하는 날이다! 저번에 갔었던 남아프리카공화국 봉사활동은 나에게 있어 정말 값진 추억이라서 이번 캄보디아 봉사활동도 무척 기대되었다. 하지만 너무 오랜만에 해외 봉사를 나가서 걱정도 되고 캄보디아는 어떤 곳일지 궁금하고 조금은 두렵기도 했다. 하지만 그쪽 아이들을 만날 생각을 하니 걱정되었던 마음이 조금씩 설레는 마음으로 바뀌었다.

　캄보디아에서 첫째 날! 우리는 아침 일찍 국제학술대회에 참가해서 현지 학생들도 만나고, 간호학과에 나오신 많은 분의 연설도 들었다. 그 후에 우리는 '헤브론 간호대학'에 갔다. 버스를 타며 이곳의 길거리들을 보니 '이제야 내가 해외에 왔구나' 하며 실감했다. 길거리에 음식들이 많아서 먹어보고 싶었고 간판에 글씨와 함께 유독 사진이 많이 있어 신기했다. 병원은 생각보다 크고 좋았다. 그쪽 선교사분과 부원장님께서 병원 투어를 하면서 설명해주셨는데 정말 장기로 의료봉사하시는 의료진분들이 너무나 대단해 보이고 멋져 보였다. 나도 나중에 능력이 된다면 이런 용기 있는 의료봉사를 해보고 싶은 생각이 문득 들었다.

　다음 날, 프놈펜에 있는 '모노롬 선교원'에 갔는데 그곳에서 캄보디아 아이들을 만날 수 있었다. 그곳에는 놀이터가 있어 아이들이 신나게 놀고 있었다. 그 모습을 보니 나까지 행복해졌다. 밝은 모습으로 뛰어다니는 친구들에게 인사를 하니 부끄러운지 수줍어하는 모습은 매우 귀여웠다. 역시 세계에 있는 모든 아이는 모두 사랑스러운 것 같다!

우리는 다시 한번 비행기를 타고 시엠립에 도착해 캄보디아의 유명한 관광명소인 앙코르와트에 일출을 보러 갔다. 앙코르와트 입장권에는 나의 사진이 인쇄되어 나와서 정말 웃기고 신기했다. 볼 때마다 피식 웃게 되는 입장권일 거 같다. 앙코르와트의 일출은 하늘의 별과 붉은 태양, 아름다운 앙코르와트의 모습이 함께 보여 정말 예뻤다. 일출뿐만 아니라 앙코르와트의 건물과 나무들도 웅장하게 생겨서 마치 내가 영화 속 한 장면에 들어온 것 같았다.

드디어 학교에 봉사활동하러 가는 날이다. 나는 학교에서 페이스페인팅을 담당하게 되었다. 학교로 가는 버스 안에서 설레기도 했고 아이들이 내 그림을 안 좋아할 것 같아 걱정도 많이 되었다. 학교에 도착하니 정말 많은 아이가 있었다. 교실에 들어가니 그룹홈 학생들이 통역하는 걸 조금 도와주었고 나를 "언니, 언니~!" 하면서 불러주었는데 너무 신기하고 재밌었다. 처음에는 정말 어린 아이들이 왔다. 그림을 그리는 스크래치 종이에 아이들이 어떻게 하는지 잘 몰라 해서 조금은 당황했지만, 곧 귀엽고 예쁜 그림들을 그리고 있어 다행이라고 생각했다. 어떤 친구들은 글씨를 쓰기도 했고, 어떤 친구들은 자신의 가족들을 그리는 듯했다. 나도 어렸을 때 그림을 그리라고 하면 가족들을 그렸던 추억도 떠올랐다. 아이들에게 페이스페인팅을 해줄 때 처음이라 나는 무척 서툴렀다. '하트가 삐뚤어지진 않았나? 혹시 별로라고 생각하면 어쩌지?'라는 생각이 자꾸 들었다. 하지만 항상 페이스페인팅이 끝나고 나면 정말 모든 아이가 웃는 얼굴로 감사하다는 의미인 손동작을 했다. 정말 정말 고마웠고 아이들의 마음이 예쁜 것 같다고 생각했다. 4학년 남학생들 페이스페인팅을 해줄 때 나는 그 친구들과 친해지기도 했다. 장난기 많은 친구인 레오가 남아공 월드컵 주제곡인 '와카와카'를 자꾸 불러 괜히 나도 부르고 싶어서 따라 불렀다. 아이들이 신기했는지 나를 빤히 쳐다봤을 때 무척 웃기고 귀여웠다. 그 친구들하고 사진도 찍고, 레오와 가위바위보를 10번도 넘게 한 것 같다. 정말 나는 즐겁고 행복했다. 모든 수업이 끝나고 아이들이 밖에서 한 줄로 모여 있을 때 그림을 그려준 아이들이 나에게 인사도 많이 해주어서 왠지 뿌듯했다. 얼른 다음 날이 되어서 다시 페이스페인팅을 해주고 싶었다.

우리는 청소년희망해외센터에 가서 맛있는 점심을 먹고 숲속도서관 벽화를 그리기 시작했다. 처음에는 정말 어떻게 시작하고 어떻게 벽화를 완성해야 할지 몰라 막막했다. 하지만 같이 봉사하러 온 언니들, 오빠들, 동생들 그리고 그룹홈 학생들과 함께 서로 머리를 맞대며 아이디어도 내고 도안도 그려 보니 예쁜 도서관이 완성될 것 같았다. 모두가 힘을 합쳐 열심히 도서관 벽에 조금씩 우리의 그림을 그려나가니 새하얗던 벽이 어느새 꽃, 풍선, 책, 바람개비 같은 예쁜 그림으로 그득 찼다. 벽화 그리기를 할 때 정말 어려운 일이 많았다. 하지만 봉사활동 멤버들 모두 힘을 모아 우리는 알록달록 아름다운 도서관을 완성했다. 도서관이 완성되었을 때 정말 뿌듯하고 '우리가 정말 이걸 해냈다니!'라는 생각이 들었다. 이곳에서 그룹홈 학생들이 꼭 꿈을 키워 나아갈 수 있으면 좋겠다.

우리는 또 그룹홈 학생들과 함께 캠프파이어도 하면서 노래도 부르고 캄보디아 전통춤도 같이 추었다. 나 혼자 했으면 너무 부끄러웠을 텐데 다 같이 노래에 맞춰 춤을 추니 정말 재밌었다. 그리고 주변 지역에 가서 언니와 나의 이름이 달린 망고나무도 심고 왔다. 날씨가 너무 더워서 조금 힘들었지만, 나중에 망고가 잘 자라 사람들이 망고를 맛있게 먹을 생각을 하니 힘이 났다. 지금도 망고나무가 잘 자라고 있겠지?

그리고 마지막 날 우리는 김계숙 선생님의 조이풀센터에도 다녀왔다. 그곳에서 아이들에게 숫자 세는 법도 배우고 여러 캄보디아 말도 배웠다. 너무나 재밌었다. 그리고 푸릇푸릇한 자연에서 동물과 함께 지내는 아이들의 모습을 보니 되게 행복해보여 나까지 행복감을 느꼈다. 캄보디아는 정말 하늘과 같은 자연환경도 예쁘고 아이들의 얼굴과 마음 모두 너무 예쁜 거 같다.

이번 봉사활동을 통해 내가 뭘 좋아하고 어떨 때 행복한지 알 수 있었던 것 같아 이번 캄보디아 봉사활동은 나에게 좋은 시간이었던 것 같다. 앞으로 좋은 기회가 있다면 캄보디아에서 만났던 아이들을 다시 만나고 싶다!

Cambodia

✳

김유은

나의 작은 손길이
작은 행복이 되길

아빠의 권유로 캄보디아 봉사를 결정했다. 아빠가 망고나무를 심으러 봉사 다녔던 곳이라 호기심도 생기고 한번 가보고 싶기도 했다. 나는 아직 학생이라 잘할 수 있을지 걱정도 되고 떨리기도 했다. 그래도 엄마와 같이 가게 되니 걱정은 반으로 줄어들었다.

봉사 가기 하루 전 캄보디아에 갈 생각에 설레어 밤을 새웠다. 새로운 환경과 한 번도 가보지 못한 곳에 대한 기대감 때문이었다. 그곳 아이들에게 페이스페인팅을 하고 도서관 벽화를 그리는 활동을 한다고 들었지만 한 번도 경험하지 않은 것이라 떨리고 자신이 없었다. 그렇지만 '뭐~, 되겠지~' 하는 마음으로 시작했다.

출발하는 날 새벽에 엄마와 공항버스를 타고 공항으로 갔다. 함께 가실 분들은 이미 와서 짐을 챙기고 있었다. 낯가림이 심한 나는 엄마만 뒤에서 쫄쫄 따라다녔다. 짐이 참 많았다. 6시간 동안 비행을 하고 캄보디아 시엠립공항에 도착했다. 여름 나라답게 더웠다. 공항이 시끌벅적했다. 엄마가 우리나라 tvN에서 연예인들이 촬영하고 있다고 했다. 이곳에서 촬영팀을 보고 연예인을 만나다니 너무 신기했다. 우리를 마중 나온 분과 호텔로 이동하고 짐을 풀고 야시장 구경하러 갔다. 사람들이 많았고 내가

잠시 살았던 필리핀과 비슷한 느낌도 났다. 이렇게 첫 야시장을 구경하며 캄보디아의 첫날이 시작되었다.

　다음 날 새벽 일찍 앙코르와트 사원을 관광한다기에 놀랐다. 새벽이지만 앙코르와트에 많은 사람이 와 있었다. 잘 보이지 않았지만, 신비한 생각이 들었다. 점점 해가 밝아 오자 모습을 드러낸 앙코르와트는 엄청나게 컸다. 사원을 돌아다니며 오래되고 너무 커서 놀랐다. 가이드 아저씨 설명으로는 앙코르와트는 원래 힌두교 사원이었지만 어떠한 일 때문에 불교 사원이 되었다고 했다. 아저씨는 캄보디아 사람이었지만 한국말을 정말 잘했다. 타프롬 사원은 엄청나게 큰 나무의 뿌리들이 건물을 여기저기 덮고 있었다. 정말 신기한 모습이었다. 여기저기 부서진 곳도 있고 원숭이들도 자유롭게 돌아다녀서 재미난 볼거리였다. 날씨가 더워서 엄마에게 짜증 냈다. 엄마는 아무 말 없이 나의 짜증을 받아 주었다. 미안하기도 했다.

　넓은 바다 같은 호수에 배를 타고 들어가서 일몰을 보고 오늘 하루를 마무리했다. 배 위에 집을 짓고 사는 사람들이 있다는 사실이 정말 새로웠다. 새벽부터 이동했기에 너무 피곤했다. 호텔로 돌아와 다음 날부터 본격적인 봉사를 해야 했기에 약간 긴장이 되었다. 체력 보충을 위해 휴식하고 재정비를 했다.

다음 날 봉사를 시작했다. 캄보디아 국립학교에서 아이들을 만났다. 눈이 예쁜 아이들이 우리를 반겨 주었다. 어른들은 아이들에게 보건교육을 했고, 우리는 아이들을 위해 페이스페인팅과 미술활동을 했다. 캄보디아 아이들은 너무 사랑스럽고 귀여웠다. 페이스페인팅을 위해서 물을 묻혀 물감을 아이들 팔과 얼굴에 칠하는데 자꾸 구정물이 나왔다. 위생관리가 되지 않는 듯해 안타까웠다. 우리는 잠깐 만나 활동을 하고 헤어지지만, 나의 작은 손길이 이곳 아이들에게도 작은 행복이 되었으면 좋겠다.

창밖에서 구경하던 아이들이 자신의 팔을 내밀어 페인팅해달라고 할 때 뿌듯하고 즐거웠다. 어떤 여자아이가 나에게 자신이 가지고 있던 껌을 건네주었다. 이 아이들도 고마움에 보답을 하고 싶었던 걸까? 껌 하나에 나는 너무 기쁘고 행복했다. 그 아이의 소중한 것을 나에게 준 것으로 생각하니 감동적이었다. 나의 어설픈 봉사활동을 캄보디아 아이들이 좋아해 주어서 기뻤다.

그림을 잘 그리지는 못하지만, 다른 봉사자 언니, 오빠들과 벽화를 그리고 페인트칠을 했다. 풍차와 꽃이 있는 벽면을 맡아 그리고 칠을 했다. 그리기도 쉽지 않았지만 색칠하는 건 더욱 힘들었다. 어른들이 함께 도와주셔서 그나마 그림에 칠을 무사히 끝낼 수 있었다. 처음 해보는 것이라 페인트가 흘러내리고 구석구석 부족한 것 투성이였지만, 힘을 합치고 어른들이 함께하니 그 어려운 일을 해낸 것 같다. 이제 어떤 힘들고 어려운 일이든 함께하면 해낼 수 있을 것 같다.

날씨가 너무 더운 정오 시간에 우린 로컬 마을에 망고나무를 심었다. 햇볕은 내리쬐고 땀은 주르륵 흐르는데 딱딱하고 마른 땅에 나무를 심는다는 것은 정말 힘든 일이었다. 엄마에게 괜히 짜증이 나 빨리 집에 가고 싶다고 투정을 부렸다. 힘든 건 엄마와 다른 선생님들도 같았지만, 이 무더운 시간에 나무를 심는다는 것이 힘들었다. 나무 그늘 밑에서 구경하는 마을 사람들이 부러워지는 순간이었다. 아빠도 이렇게 힘들게 봉사했을까? 이 사람들은 이 나무를 잘 키워줄 수 있을까? 우리가 고생해서 심은 나무가 이 집을 살리는 좋은 밑거름이 되었으면 좋겠다.

나의 꿈은 유치원 교사다. 캄보디아 아이들과 비록 말은 잘 통하지 않았지만, 눈빛과 몸짓으로 이야기가 통한다는 것이 재미있었다. 우리의 작은 나눔이 이곳 아이들에게도 즐겁고 행복한 경험이 되었으면 좋겠다. 나에게 이번 봉사활동은 캄보디아 아이들과 즐거운 시간을 갖는 것이 목표였지만, 이 시간이 나의 꿈에 더 다가갈 수 있는 계기가 되었다.

Cambodia

�֍

심서율

뜨거운
겨울방학

2022년 1월 26일 캄보디아로 가는 비행기에 올랐다. 가기 직전까지 아니 어쩌면 도착하고 난 후에도 내가 캄보디아에 봉사를 왔다는 사실이 실감 나지 않았다. 비행기에서 내리자마자 입국 절차를 밟느라 정신이 없었고, 저녁이라 그런지 처음 만난 캄보디아의 날씨는 생각했던 것보다 덜 습하고 덜 더웠다.

그렇게 처음 겪는 것 투성이였던 나의 첫 해외 봉사는 점차 즐거움과 깨달음으로 채워져 갔다. 그중에서도 나에게 가장 많은 깨달음과 즐거움을 준 것은 아무래도 사람들인 것 같다.

한국이라는 먼 곳에서 캄보디아까지 온 것 자체로 나름의 자부심을 느끼고 있던 나에게 몸을 아끼지 않고 현지에서 직접 부딪히는 분들은 그저 신기했다. 그분들 덕분에 나는 나 자신을 다시 한번 되돌아보고 반성하게 되었다.

헤브론병원과 대학교를 방문하면서 병원비가 부담되어 치료를 받지 못하는 사람들과 제대로 된 교육을 받지 못하는 청년들을 만났다. 형용할 수 없는 감정들과 안타까움 그리고 내가 대한민국에서 태어남에 대한 감사함을 느끼기도 했다.

그렇게 감사하고도 뜻깊은 하루하루를 보내는 동안 초등학교에 방문해 페이스페인팅을 해야 한다는 생각과 걱정은 점점 다가오고 있었다.

처음으로 해보는 것이기도 하고 말이 통하는 사람과도 낯을 가리는 나인데 말도 통하지 않는 캄보디아의 아이들과 '어떻게 소통해야 할지, 페이스페인팅을 잘할 수 있을지, 아이들이 좋아해줄지'와 같은 걱정이 들었다.

그런데 막상 시소폰 지역에 있는 프놈박초등학교에 도착해서 페이스페인팅을 하는 동안에는 아무 생각이 들지 않았던 것 같다.

페이스페인팅을 하는 첫날에는 정신이 하나도 없어서 아무 생각 없이 계속 그리고 똑같은 영어 단어만 반복하며 나름의 소통을 해나갔다.

그러다 목이 아파서 고개를 한 번씩 들 때면 초롱초롱한 아이들의 눈빛에 약간의 부담감과 즐거움을 느꼈다. 두 번째 날에는 아침에 미리 준비해가서 조금은 수월하게 시작했지만 그래도 여전히 정신은 없었다. 중간중간에 아이들과 이야기를 시도하기도 하고 인사도 하며 그림 선물도 받아서 전날보다 더 뿌듯하고 행복하게 하루를 마무리했다. 아이들의 반응이 생각보다 더 좋아서 나도 덩달아 신나게 할 수 있었다.

마지막 날에는 고학년 친구들을 대상으로 페이스페인팅을 해서 그런지 시간이 남았는데 그 시간을 아이들과 즐기면서 보내지 못한 것이 아쉬웠다. 그래도 1~2일 차에는 아이들과 같이 즐기며 하는 느낌보다는 빠르게 그려야 한다는 생각이 컸는데 마지막 날에는 아이들과 조금이나마 소통할 수 있어서 좋았다.

이렇게 다사다난했지만 순탄했던 페이스페인팅을 마쳤다. 페이스페인팅이 가장 큰 걱정이어서 페이스페인팅이 끝난 후로는 부담 없이 봉사 자체를 즐기며 시간을 보냈다.

페이스페인팅이 끝난 뒤에는 틈틈이 청소년희망센터에 있는 도서관 벽화를 그렸다. 강한 햇빛 아래에서 2시간 넘게 계속 칠하면서 지치고 행복하고를 반복했는데, 옆에서 변하지 않는 밝음으로 꾸준히 칠하고 계신 다른 분들이 있어서 끝까지 마무리할 수 있었다. 2시간 넘게 햇빛 아래서 페인트 작업을 하다 보니 잠깐 그늘에 들어가기만 해도 시원함을 느낄 수 있었다.

페이스페인팅과 벽화를 하는 3일은 오랜만에 느끼는 힘듦과 뿌듯함의 연속이었지만 같이 봉사하시는 선생님들과 청년팀 덕분에 더욱더 즐겁게 마무리할 수 있었다. 같이 나눠서 하니 힘도 덜 들었고 열심히 하시는 다른 분들을 보면서 지칠 때마다 다시 시작할 수 있었다.

긴 시간 동안 계속되는 봉사에 짜증이 나도 이상하지 않은 상황이었는데 오히려 웃으면서 힘들지는 않은지 틈틈이 물어봐주시고 쉬면서 하라고 말씀해주셔서 오히려 더 열심히 하게 되었다. 나는 경험과 체력 모두 부족해서 해야 할 일을 하는 것만으로도 벅찼다. 그런데 해야 할 일들을 다 마치고 다른 분들을 돕고 이끌어주시는 분들을 보면 가히 존경하지 않을 수 없었다.

단체생활이라고는 학교생활만 경험한 나는 이번 봉사활동을 통해서 어디서도 배울 수 없는 것들을 많이 배울 수 있었다. 많은 사람과 어울리고 같이 활동하면서 당연히 부딪히기도 했고, 마음이 맞지 않아 속이 상하기도 했지만, 그보다 다른 더 훌륭한 분들을 보면서 감사한 경우가 더 많았고 배울 게 많았던 소중한 시간이었다. 당시에는 정말 힘들었던 것 같은데 지금 생각해보면 지루하고 게으르게 보낼 뻔했던 겨울방학에 뜨겁고 건강한 시간을 보낼 수 있어 감사한 경험이었다.

Cambodia

Hello 캄보디아 교육봉사 및 학술대회

1. 목적

1. 캄보디아 현지 학교와 빈민 지역 연계를 통한 해외 봉사
2. 단 한 명의 청소년도 포기하지 않고 안전하게 살아갈 건강권 보장
3. 다양한 위기상황에서 문제를 해결할 수 있는 능력을 기를 수 있도록 조력

2. 개요

1. 일시 : 2023년 1월 26일(목) ~ 2월 4일(토), 9박 10일
2. 장소 : 캄보디아 프놈펜, 시아누크빌, 시소폰 일대
3. 참여대상 : 해외 봉사 희망자 10명
4. 지원대상 : 시소폰 지역 아동, 청소년 및 소외이웃
5. 내용 : 보건교육, 벽화 그리기, 후원(도서관, 진료센터, 대학 등)

6. 비용 : 봉사 참가자 전액 자비 부담

　학술대회 참가 및 비전트립, 경기청소년희망센터 협업 보건교육봉사

　⑴ 세계기독간호재단(WCNF) 학술대회 참가 및 비전트립 : 328달러(현장 등록)

　⑵ 경기청소년희망센터 캄보디아지부 봉사를 위한 체류 비용 : 70만 원

　⑶ 항공료 : 국제선 2회, 캄보디아 국내선 1회(1,122,000원)

　　인천 → 프놈펜, 시아누크빌 → 시엠립, 시엠립 → 인천

7. 후원금 관련 : 전은경 외 35명 총 3,400,000원(희망자가 1구좌 30,000원을 기준으로 입금)

내역		비용	비고
칫솔·치약 세트 구입		509,000원	물품
스크래치북, 현수막, 플랜카드 등 구입		438,600원	
프놈박초등학교 빵 구입(점심식사)		400달러	
후원금 전달	숲속도서관 건립 / 도서 구입	1,000달러 / 500달러	현금
	김계숙 보건교사 조이풀센터	300달러	

3. 일정별 활동 내용

2023년 1월 26일(목) ~ 2023년 2월 4일(토) 9박 10일

날짜 (요일)	장소	주요 내용
1일 1/26 (목)	인천 프놈펜	• 18:30 인천공항 출발 • 캄보디아 프놈펜공항 도착

2일 1/27 (금)	프놈펜	• 국제학술대회(한국·캄보디아·미국·호주 , BanBan호텔) • 킬링필드 탐방 • 캄보디아왕립농업대학교 보건실 및 한국어학당 방문 (신기조 보건교사, 가스펠하우스 & 쉘터하우스) • 헤브론간호대학 / 헤브론병원 탐방(박순복 교수)
3일 1/28 (토)	시아누크빌	• 지역사회 건강증진활동 조사 및 탐방(성진숙 간호사) • 모노롬 WCNF 제3보건진료소 및 비전센터 방문 • 시아누크빌 라이프대학 탐방(간호대학 등)
4일 1/29 (일)	인천 시엠립	• 경기청소년희망센터 봉사팀 인천공항 출발 • 보건교사 시엠립 도착(캄보디아 국내선) • 경기청소년희망센터 봉사팀 시엠립공항 도착 • 팀 합류 및 교육활동 준비를 위한 현지 1차 회의
5일 1/30 (월)	시엠립	• 앙코르와트 일출 및 사원 탐방 • 지역사회 건강실태 조사 및 탐방 : 앙코르톰 남문, 바이욘, 타프롬, 톤레삽 호수 수상촌 • 도서관 건립 및 봉사 준비를 위한 현지 2차 회의
6일 1/31 (화)	시소폰	• 시소폰 이동 • 학교프로그램 진행 및 평가회 : 프놈박초등학교 　1~3학년 6학급 　보건교육 : 구강건강, 감염병 예방, 개인위생교육 　문화체험 : 페이스페인팅, 종이접기, 스크래치북 　교육봉사 : 학교 페인트 도색작업 　물품후원 : 구강위생 세트 및 점심 제공 • 청소년희망 해외센터 합류 • 도서관 건립 및 벽화 그리기
7일 2/1 (수)	시소폰	• 학교프로그램 진행 및 평가회 : 프놈박초등학교 　4~6학년 6학급 　보건교육 : 구강건강, 감염병 예방, 개인위생, 성교육 　문화체험 : 페이스페인팅, 종이접기, 스크래치북 　교육봉사 : 학교 페인트 도색작업 　물품후원 : 구강위생세트 및 점심 제공 • 도서관 건립 및 벽화 그리기 • 지역사회 및 희망그룹홈 청소년들과 교류

8일 2/2 (목)	시소폰 시엠립	• 도서 구입 후원금 전달 및 도서관 개소식 • 지역사회 탐방 및 건강실태 조사 • 자립지원을 위한 저소득 가정 망고나무 식재 및 후원 물품 전달(학용품 및 생필품) • 보건교육 및 지역사회 탐방 결과보고 및 회의
9일 2/3 (금) 10일 2/4 (토)	시엠립 인천	• 김계숙 보건교사가 운영하는 조이풀센터 후원금 전달 및 좋은 나무 국제 대안학교 탐방 • 시엠립공항 출발 • 인천공항 도착

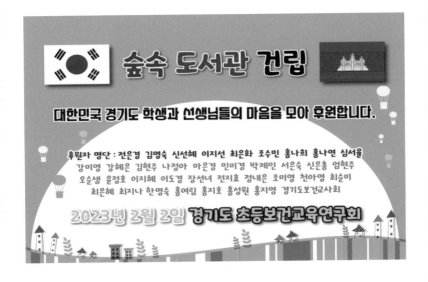

꿈의 땅 캄보디아

제1판 1쇄 2023년 11월 22일

지은이   전은경, 김명숙, 신선혜, 최은화, 이지선, 박정미
펴낸이   한성주
펴낸곳   ㈜두드림미디어
책임편집   이향선
디자인   얼앤똘비악(earl_tolbiac@naver.com)

㈜두드림미디어
등록   2015년 3월 25일(제2022-000009호)
주소   서울시 강서구 공항대로 219, 620호, 621호
전화   02)333-3577
팩스   02)6455-3477
이메일   dodreamedia@naver.com(원고 투고 및 출판 관련 문의)
카페   https://cafe.naver.com/dodreamedia

ISBN   979-11-93210-20-8 (03810)